贖罪の教室

rúf　原作

英いつき with Flying Shine シナリオチーム　著

真木八尋　原画

PARADIGM　NOVELS 95

登場人物

結城《ゆうき》まどか　趣味で書いていた官能小説がもとで、クラスの男子生徒から脅迫され、彼らの玩具として凌辱されてしまう。

平松《ひらまつ》七瀬《ななせ》　まどかの親友。様子のおかしいまどかを気遣ううちに、凌辱現場に巻き込まれ、同じように犯されてしまう。

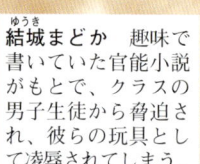

第1章 まどか

第4章 七瀬

目次

プロローグ

【七瀬の日記】

二人が遠い場所に行ってしまった。
でも、私はそれでかまわない。
二人が幸せでいてくれるなら、私はそれでいい。
だから私は二人の元を離れようと思う。
私が二人を追ったら、邪魔になるだけだから。
まどかに幸せになって欲しいから。
今までいろいろと書いてきたけど、この日記は今日で終わり。
いつか自分の気持ちに整理がついたとき、この日記をまどかに見せよう。
それまでは誰《だれ》にも見られないように押入の奥にしまっておこう。

第1章　発端

1 【まどか・麻宮《あさみや》駅ホーム】

嫌な予感はしていた。

目覚めが悪いと、いつもこうなる。

まず、いつも乗る電車に間に合わなかった。

一本遅らせると、学校まで相当のダッシュを決めないとならなくなる。仕方なく次の電車に乗ったけど、今度はうんざりを通り越してがっかりするほどの満員ぶりだった。

車内の空気をおじさん達の臭いが濁らせている。

そして、とどめは痴漢だった。

私のお尻《しり》を手の甲で撫《な》でている。

さりげなくしているつもりなんだろうけれど、それが余計にわざとらしい。

どうしようか……きっと声をあげれば解決する。

でも、この乗客の多さは私が大声を出すのをためらわせるのに十分だった。

近くの男子校の生徒達も大勢乗っている。

同世代の男の子達に痴漢されている姿を見られるのは、どことなく気恥ずかしかった。

痴漢の手が、甲から手のひらに変わった。

私が無抵抗なので調子づいたのだ。

腹が立った私はどんなヤツなのか確認するために、後ろを振り返った。

第1章　発端

中年のサラリーマンがいた。

私の視線に気づいた痴漢がにやけた表情をすぐに引き締める。

すぐに気まずそうに視線を逸《そ》らした痴漢だったが、私のお尻に手は当てられたままだ。

駅に着くまであと三分くらい。

我慢しよう、私がそう決めたときだった……

「止めろよ」

後ろから若い男の声が聞こえた。

その声と同時に、お尻を撫でていた手の感触が消える。

「……？」

振り向くと、そこには痴漢の姿はいつの間にかなくて、かわりに同年代の男の子がいた。

かすかに微笑《ほほえ》んでいる。いやらしさのない笑い。

こんな陳腐な言い方は好きじゃないけど、あえて言うとしたならさわやかな笑顔。

「大丈夫？」

私は男の子の顔を見つめていたようだった。

その声に、初めてその男の子が制服を着ていることに気づいた。

「あ、はい……」

適当な答えを返しながら、私はその男の子を見ていた。すぐにその制服からその男の子が隣の男子校の生徒であることを知った。

「この時間、本当に多いからね」

周りに気遣って、私の耳元で彼は呟《つぶや》いた。余計なことはなにも言わなかった。

『次は、明美《めいび》学院。明美学院です』

車内にアナウンスが流れると同時に、電車がブレーキをかけて減速する。

私はその慣性に逆らうことが出来ず態勢を崩した。

「きゃっ⁉」

私はその男の子に気を取られすぎていた。

だから電車の揺れをこらえることが出来なかった。

バランスを崩して転びそうになった私を彼は体で受け止めてくれた。

「だいじょうぶ？」

さっきと全く同じ台詞《せりふ》を、私は彼の胸の中で聞いた。

どうしよう……

胸が激しく高鳴って、熱いくらい顔が火照《ほて》っているのがわかる。

「ああ、ごめん。動けないや……」

どうしていいかわからずにいた私を気遣ってくれる。

「ううん……違うの、いいの」

　そう言いながら、私は自分でも意識しないうちに声色が変わっていることに気づいていた。

　どうして私、大人《おとな》しい女の子を演じているんだろうか？

　そんなことを考えていた。

　もう一人の自分が、自分の恥ずかしい行為とそんな優柔不断な態度に金切り声を上げて、私を叱咤《しった》する。

「……もう！　何をしてるのよ、結城《ゆうき》まどか。助けてもらったお礼も言わないで。せめて名前だけでも聞いてっ！　……駅に着いちゃうじゃない。ほら、早く！」

　私はその声に後押しされるように、なんとか口を開いた。

「あっ、あの！」

「ん？」

『明美学院。明美学院に到着です……』

　アナウンスが流れると、車内の人混みが一斉に蠢《うごめ》いた。

「着いたよ」

　彼はぼうっとしている私に、やさしくそう言った。

「そ、そうみたい。ははは……」

　最悪のタイミングだった。

私は意味もなくただ笑った。

彼の方も私の笑いにつられるように笑顔を作っている。

「じゃ。また、会えるといいね」

彼は優しく私の背中を押して、下車の波にのせてくれた。

ホームまで一瞬で運ばれると、私は振り返って彼の姿を探した。

車両はどんどん人で埋まっていく。

彼の姿を私に隠すみたいに、人のカーテンが引かれていく。

「お礼、言えなかったな」

電車が動き始める。

私はとうとう彼を見つけることは出来なかった。

「また、会えるかな……？」

……きっと会える。

だから今度はちゃんとお礼を言おう。

私は自分にそう言い聞かせながら、去っていく電車を見送った。

電車が溶けていく風景の中で、空の色だけがやけに澄んで見えた。

「学校、行かなくちゃ」

私はなぜだかいつもより軽い足取りで、学校へと歩き出した。

2　【まどか・私立明美学院　2年C組教室】

結城まどかは、一冊のノートを探していた。
そのノートは決して誰にも見られてはいけないもの。
それが他人に見られれば、まどかのイメージが変わってしまう。
普段の活発で明るい女の子のイメージとはかけ離れた、まどかの趣味がばれてしまう。
ふと私は妙な気配を感じて、教室の扉を見た。
そこには、私を見つめる男子生徒がいた。
視線が合うと、ゆっくりと教室の中に入ってきた。
なにか用があるのは間違いない。
でも、私はそんな男子生徒を無視した。こちらから受け入れたくはなかった。
今はそれどころではなかった。
ろくに話したこともない男子と話をしている場合ではない。
だから、相手が話しかけてくるまで無視することにした。
男子生徒が机《つくえ》の前に立つ。
「よぉ」
さりげない感じで、話しかけてくる。

「……なに？」

私は顔を上げずにそう言った。

しばらく沈黙が続いた。私はその間に負けて、顔を上げた。

私は一瞬息をのんだ。その男子生徒は信じられないほどいやらしい笑みを浮かべていたのだ。なにが起こっているのかわからず、私はその男子の顔をただ見つめた。

「よお、おまえに話があるんだ。そんな態度はないと思うぜ」

私は恐怖を感じた。

なにか起こりそうなそんな予感。

「ふふ、びびることないって。ただ俺《おれ》の言うとおりにすればいいんだ」

「なんで、あなたの言うとおりにしなきゃいけないの⁉」

反射的にそう言っていた。

男子生徒の顔の笑みが消え、一瞬にして怒りの表情になる。

男の手がスローモーションのように伸びると、私の髪の毛を鷲掴《わしづか》みにした。

強引に私の顔が引き寄せられる。

「こっちが下手に出てれば調子に乗りやがって、エロ小説を書いてるような変態がっ！」

目の前が一瞬にして暗くなる。

どうして？

どうして知っているの？

さっきまで感じていた恐怖は消えていた。

すべての感情が消えていく、そんな気がした。

髪の毛をひかれる痛みさえも消えていた。

「黙って言うことを聞けばいいんだよ」

「……だから、どうしてっ！」

その時、私は自分の声が震えていることを知った。その理由はわからない。

恐怖は消えたはずなのに、どうして声が震えるのだろう。

感情が麻痺《まひ》しただけじゃなく、体中が麻痺したのだろうか？

「仕方ねぇなぁ……じゃあ、今日だけだ」

「……えっ？」

「今日だけ俺の言うことを聞けよ」

「……」

「なんだよ？　いいんだぜ、俺は困らないから」

「……」

「他《ほか》の奴にこのノートを見せてやるだけのことだ」

そう言って、彼は鞄から一冊のノートを取りだした。

私の探していたノートだった。

「後輩の奴《やつ》らなんか喜ぶぜ？　このノートを読んだら、おまえのことレイプするかもな。

ひひひっ」

下卑《げび》た笑いが私の思考を窄《すぼ》めていった。

なにが起こっているの？

もう、わからない。

とにかく、ノートを返してもらわないと……

3　【まどか・私立明美学院　三階空き教室】

私はクラスメートの後について、旧校舎の三階に来ていた。

「ここだ」

たしかここは、もうずっと使われていない教室。

体育祭や文化祭の時に使う道具が、倉庫のように詰め込まれている教室……

その中は、倉庫というより廃墟《はいきょ》のようだった。

適当に積み上げられた机や椅子《いす》、ほこりまみれのマット、他にも、なにに使うのかよくわからない物がたくさん棄《す》ててあった。

第１章　発端

夕焼けが射し込む窓の辺りだけが、見えていた。

足下にはなにがあるのか、よくわからないほど暗い。

私は扉のところに立ち尽くしていた。

ここで、なにをするのだろう。

「さっさと入れよ」

私は男子生徒に突き飛ばされて、教室の中に押し込まれた。

「きゃっ！」

足がもつれて転びそうになったが、なんとか転ばずにすんだ。

「連れてきたぞ」

「おいおい、マジで来るか」

私は状況を理解できなかった。

なにをするのだろうか。

どこかでスイッチが入るような音がした。

パチパチと蛍光灯が弾《はじ》けて、部屋に灯りがともる。

「い……」

私は自分の立場を知った。

たくさんの男子生徒達。

ひとり、ふたり、さんにん、よにん、ごにん……

数え終わるより前に、私の体は十本以上の手で押さえつけられていた。

「やあぁぁぁぁぁぁぁぁぁぁぁぁ！」

一生懸命、抵抗した。でも、たくさんの手が体を押さえつけているせいで、全く動けなかった。スカートがめくられる。制服がたくし上げられる。

繊維が切れるような音がして、下着はすぐになくなってしまった。

「でけぇ！　なんだよ、いい体してんな」

二つしかない胸を、たくさんの手が触ろうとしている。

「コレ、見ろよ。ちょっと濡《ぬ》れてないか？」

慌てて閉じた両足が無理矢理広げられる。

私のあそこに全員の視線が注がれた。

「あーあ、乳首、ピンピンになってるよ」

誰かがそう言うと、他の誰かが私の乳首を口に含んで吸い上げた。

「ひゃはは！　ビクビク感じてるよ」

クリトリスを指で弾いていた男が、唾《つば》を飛ばしながら笑った。

「もう我慢できねぇよ」

男の一人がそう言うと、ズボンからペニスを取り出そうとしていた。

「バカ。無理矢理したら犯罪だろうが」

すると誰《だれ》かが、私の膣《ちつ》をかばうように顔を埋めた。

「じゃあ口ならいいか？」

あきらめの悪い男が、私の顔の前にペニスを持ってきた。

「だから止めろってんだろ、汚ねぇから」

そう言った男が私の顔を引き寄せて唇を奪った。

「乳首、弱いねぇ」

二つとも、口の中で転がされている。

「おまえら、上から見てるとすげぇエロいよ」

あそこも、おっぱいも、口の中も、私の体の隅々まで、男達の舌が這《は》い回っている。

「抵抗しなくなったな」

私は心と体を切り離した。

「気持ちいいからだろ」

心を遥《はる》か彼方《かなた》に。

「うわ、すげぇイヤらしい顔してるぞ」

肉体だけ、そこに置いた。

「体、震えてない？」

そこにあるのは私の抜け殻。

「イキそうなんじゃないか？」

……違う。

「いっ、ひゃ……ああ……ああっ！　んぁ……あっ、あっ……い……いやぁぁ！」

「あれ？　こいつ今、イッたんじゃない？」

「イッたイッた」

「「ヒャハハハハハハハッ！」」

私が絶頂を迎えると、男達はみんな、体から離れて立ち上がった。

私は立つことも、喋《しゃべ》ることも、考えることさえ、出来なかった。

数人の男達が私を見下ろしている。

みんな、珍しい物を見るような眼をしていた。

観察されている。

「……あ……ぅ……ひゃぅ」

「うわっ、体が魚みたいにビクビク跳ねてるぞ」

私は今まで達したことのないところまで連れて行かれていた。

「本当の絶頂ってやつじゃないの？」

自分でしても、ここまでいったことはない。

「なぁ、ビデオ撮ったか？」

「イクところまでバッチリ。それにしてもビクビクしてんのがリアルだよな」

誰かが言うと、ビデオの確認をはじめた。

そして、一斉に笑い声が響いて画面が揺れた。

そこで、ビデオは終わっていた。

液晶画面が消えて、私は目の前が真っ暗になった。

「いやぁ、いい表情で撮れてたろ？　あ、もういいよ、帰ってもさ。ひひひひっ！」

私はその場に崩れた。

彼らがなにを言おうとしているのか、よくわかった。

輝きが失せた濁った眼で、男達はみんな私を見ていた。

私には選択肢が一つしかないことがわかっていた。

ビデオのレンズに向かって、私は言う。

「みんなで……私を……イジメてください……

なんでもします………

結城まどかは、変態だから……

みんなのためになることだったら……なんでも、します………

だから、みんなで私をいじめてください……」

4

【交換日記】

七瀬《ななせ》へ。

ちょっと悩みがあります。

できれば七瀬に聞いて欲しいな。

最近ね、気になる人がいるの。

その人は、明るくて、かっこよくて、一緒にいるとすごく楽しい人。

なにより、その人を見ていると、自分の心臓の音が聞こえそうなくらいどきどきします。

思い切って告白しようかとも思ったけど、もし断られたら今の関係が壊れてしまうかもしれない……そう考えると恐《こわ》くて。

でも、今の関係のままじゃイヤなの。

もっと知りたい。

もっと一緒にいたい。

もっと近づきたい。

もっと触れたい……
七瀬だったらこんなときはどうするのかな？
ゴメンね、変なこと聞いちゃって。
あんまり深く考えずに、七瀬の気持ちを聞かせて欲しいな。

ＰＳ
小説書いたよ。
よかったら感想ちょうだいね。

5 【交換日記】

まどかへ。
正直、ちょっと驚いてます。
まどかなら好きな人に、好きだってはっきり言えそうだから。
そうすることができないから、私に相談したんだよね。
悩んでるまどかには悪いかもしれないけど、すごく嬉《うれ》しいです。
私、いつもまどかに頼りっぱなしで、迷惑かけてばっかりだったから……
だから、まどかが私を頼りにしてくれたことはすごく嬉しい。

でも、あんまり役に立つアドバイスをできる自信がないかも……
それでも、せっかくまどかが私に聞いてくれたんだから、私の思うことを書きます。
思い切って告白するべきじゃないかな？
断られたときのことを考えて悩むなんて、まどからしくない気がするな。
私はいつも明るくて積極的なまどかが好き。
それに相手が誰でもまどかなら大丈夫。
まどかに告白されて断る人なんて、きっといないよ。

それと小説読んだよ。
まどかって、こういうことに興味持ってたんだね。
ちょっとおどろいちゃった。
まどかってこういうの嫌いなのかなって思ってたから。
なんとなくだけど、まどかの気持ちがわかって、すごく嬉しかった。
続き、早く読みたいな。

ＰＳ
ところで、まどかの気になる人って誰なの？

よかったら教えて欲しいな。

6　【まどか・自室】

「ふぅ……」

まどかはキーボードから手を離した。

大きく背伸びをすると、椅子の背もたれが軋《きし》む。

パソコンのディスプレイから、壁に掛けてある時計に視線を移した。

すでに日付が変わる時間が近かった。

もう一度溜息《ためいき》をついて、ディスプレイに視線を戻す。

画面は文字で埋まっている。

キーボードを打っていたペースも、決して悪いものではなかった。

問題は内容だった。

ただ思い浮かんだことを書いていけば、量を書くことは大した問題ではない。

しかし、今まどかが書いている物は、それまでの他人に見せることを目的としない趣味で書いていた小説とは違った。

それを読む人が大勢いるのだ。

まどかは、その違いが戸惑《とまど》いとなって内容に影響を与えている。

しかし、本当に内容のことで悩んでいる原因が、そこにないこともまどかは知っていた。

ただ、無意識のうちにそれを考えるのをやめていただけだ。

大切なことを見失っていた。

「ふぁ……」

急に眠気が襲ってきた。

電気スタンドの生暖かい灯《あか》りが妙に心地いい。

寝ようかな……？

でも、そういうわけにはいかなかった。

できるだけ早く書き上げたかった。

まどかはもう一度背伸びをすると、キーボードを叩《たた》き始めた。

7

【贖罪《しょくざい》新聞】


二年Ｃ組の諸君に重要な情報をお伝えするその前に、再びこの贖罪新聞が発行できたことを、我々はうれしく思う。

いつも心待ちにしてくれた読者諸君に感謝する。

さて、本日は二年Ｃ組の結城まどかに関する情報をお伝えする。

結城まどかといえば、優等生で教師、生徒ともに受けが良く、学院の人気者だ。

男子生徒にも人気があり、先輩後輩、同級生を問わず、男達のちょっとした憧《あこが》れの存在である。

確かに、あの活発で健康的な姿は男心をくすぐられるものがあると思う。

しかし諸君、だまされてはいけない。

結城まどかは、そんな女ではないのだ。

あの明るい顔の裏には、変態の素顔が隠されていたのだ。

なんと結城まどかは官能小説を執筆しているのである。

しかも、結城まどか本人が主人公でありながら、強姦《ごうかん》がメインのかなりハードな内容だった。

彼女はもしかするとレイプ願望があるのではないか？

だとすればとんだ変態である。


さて、そんな結城まどかを脅迫した人物がいた。

あえてその人物の名前は伏せさせてもらうが、彼は結城まどかの書いた官能小説の発見者である。

彼はその事実を持って、結城まどかを我が物にしようと脅迫した。

そして、なにかを期待していたのだろうか？　結城まどかは彼に従い、旧校舎三階の空き教室に連れ込まれた。

このような展開になれば自分がどうなるのか、わかっていたにも関わらず尻を振ってついていくあたりが、結城まどかの変態度合いを示しているものだとは思わないだろうか？

さて、ここまで読んでもなお、諸君の中には信じられない者がいるかもしれない。

なにぶん、筆者もあの結城まどかが変態であると聞かされたときは信じられなかった。


未確認情報。

これはまだ確認が取れたわけではないが、確かな筋から得た情報によれば、結城まどかは諸君からのイジメを希望しているという。

詳細は不明だが、結城まどか本人が自分が変態であることを認め、イジメを嘆願したビデオテープが存在するという。

現在、我々は総力をあげてこの事実の確認を行っているところである。

次号ではなんらかの情報を伝えられるであろう。

期待して欲しい。


なおこの新聞は読後焼却のこと。

もしもクラスの関係者以外にこのことを漏らした場合、その人物は贖罪されるであろう。
注意されたい。

（贖罪新聞編集部）

8 【七瀬の日記】

最近、まどかに元気がないみたい。
いつもボーとしてるし、放課後もすぐにどこかに行っちゃうし……
なにかあったのかな？
悩みがあるなら聞いてあげたい。
でも、話しかけても上の空だし……
まどか、どうしたの？
私でよかったら相談に乗るよ。

第2章　交錯

1　【まどか・自室】

「ふぁ……」

　まどかは目を覚ました。

　一瞬、自分がどこにいるのか把握できなかったが、見慣れたスクリーンセーバーが動くディスプレイが目の前にあることに気づいて、すべてを理解した。

　混乱していたまどかの思考が一瞬で鮮明になった。

「あぁ……あのまま机《つくえ》で寝ちゃったんだ……」

　でも、小さな違和感があった。

　理解するのにそんなに時間はかからなかった。

　体全体に心地よい重さのなにかが掛かっていた。

　それはふわっとした毛が温かな毛布だった。

　毛布のせいで寒さを感じなかったことが、違和感の理由だった。

「掛けてくれたんだ。ありがとう」

　まどかは立ち上がると、自分に掛けられていた毛布をたたみ始めた。

　誰《だれ》がまどかに毛布を掛けてくれたのかはすぐに想像がついた。

　その人物がその時にどんな表情をしていたかを想像すると、まどかの顔に自然と笑みが漏れた。

まどかはたたみ終えた毛布を部屋の隅に置いた。

大きく背伸びをして、時計に目をやる。もう朝だった。

「ほとんど進まなかったなぁ……」

一晩中つきっぱなしだったディスプレイでは、カラフルなスクリーンセーバーが一生懸命に働いている。

その動きを見ながら、大事なことを思い出した。

そう、問題は解決していない。

私は一晩中どころか二、三日つきっぱなしだった、パソコンの電源を落とそうとマウスに手を伸ばした。不意にスクリーンセーバー越しのディスプレイに七瀬の顔が浮かんだ。

「……七瀬に会おう」

最近はどうも七瀬とすれ違い気味だった。

会ってもほんの少しの時間だけで、落ち着いて話すことができていないのだ。

七瀬と話すことが出来れば、いい気分転換になるだろう。そうすれば……

まどかは働き詰めだったパソコンの電源を落とすと、すぐに身支度を整え家を出た。

2　【まどか・麻宮駅ホーム】

朝の駅はいつにも増して混雑が凄《すご》かった。

驚くほど長い列を成している改札口は、サラリーマンと学生で大半が占められていた。まどかはその列の中で表情を歪《ゆが》めていた。

『改札前、大変混雑しております……』

だったら改札機の数を増やせばいいのに。

何度も心の中で愚痴りながら、まどかはやっとの思いで改札を抜けた。そこからはさっきまで待たされていたのが嘘《うそ》のようにスムーズだった。人の波に押されるようにホームに上がると、ちょうど電車がドアを開けて待っているところだった。

「バッチリね」

あまりのタイミングの良さにさっきまでの不快さを一瞬でまどかは忘れてしまっていた。

まどかが電車に乗り込むと同時に発車のベルが鳴り響いた。

すると、それがなにかの合図だったかのように、人の波が一斉に車内に流れ込んできた。

なんとかドアの側《そば》に立とうとしていたまどかは、勢いのついた人波に押され連結部まで運ばれてしまった。

電車が一度大きく揺れて、ゆっくりと動き始める。

うんざりしたのは、この車両が学生ばかりということだった。

人の迷惑も考えず大声で話したり、意味もなく携帯電話で騒ぐ。自分一人ではなにも出来ないくせに、群れて我がもの顔をしている人間が、まどかはなにより嫌いだった。

まどかはその中にいる自分がなぜか浮いているような気がした。

確かに、この位置から男子学生以外の姿を、見つけることはできなかった。

さっきから好奇の目が、私の体を突き刺している……

この車両にいる女性は私だけなのではないか。

そんな考えが頭をよぎった。

体が震えた。

私はなにを考えているのだろう。

小説を書いている事で、まさかここまで空想が膨らむとは思わなかった。

違うと自分に言い聞かせた。

このままでは、ただの変態だ。

忘れよう……

「いいよな、あの女」

「でもちょっと、キツそうじゃないか？」

「アレはキツいのに越したことはねぇよ」

「ひゃひゃひゃひゃ、バカだね、おまえ」

下品な会話が後ろの方から聞こえた。

まどかは背中で男子学生達の欲望を受けていた。
ああいう連中の性が暴走し始めたら……
妄想が、すべての冷静な思考を搔《か》き消してしまいそうだった。
まどかは目を閉じて余計ことを考えないようにした。
そのとき、お尻《しり》に違和感を感じた。
その違和感は、偶然ではなく意図的なものだった。
痴漢！
……さっきの連中だろうか？
しかし、バカな話し声が同じように背中から聞こえていた。
どうやら、さっきの連中とは違うようだ。
じゃあ、誰が……？
私は身動きが取れなくなっていることに気づいた。
痴漢が私の体を車両に押しつけるようにして、動けなくしているのだ。
「……ぁ」
お尻を撫《な》でられていると、手がまったく別の方向から腰に伸びてきた。
……うそ、一人じゃないの？
私はお尻や腰の刺激を我慢しながら、なんとか後ろを見た。

明美学院の生徒？
一瞬、そんな不安を感じた。
いかにもまじめそうな男子生徒達が、ぎらついた目で私を見ていた。
どうやら明美学院の生徒じゃないようだ。
でも私は彼らに恐怖を感じた。
痴漢行為に対してではない。
学校ではきっと優等生であろう彼らが、こういうことをしている事が私は怖かった。
「な、抵抗しないだろ」
「こういう女ほど、恥ずかしがって嫌がらないんだよ」
聞き取れないほどの小さな声で勝手なことを言っている。
確かに私は痴漢によく遭う。
でも、普段なら無抵抗なんてあり得なかった。
対処する方法をいつも七瀬に教えているほど、痴漢を相手にする自信があった。
腰にあった手が動きを変えた。
お腹を撫でながら、服の上から胸を持ち上げた。
「……っ」
好き勝手にやられている自分が、よくわからなかった。

「ああ、柔らかい」

後ろの誰かが言うと、その言葉に誘われるように、違う方向から胸に手が伸びてきた。

「……ちょ、ちょっと」

私は思わず声をあげた。一瞬だけ、驚いて手が離れたが、彼らにとっては欲望の方が勝っていたらしい。

胸を触る二人。お尻を触るのが一人。三人の痴漢に遭うのは、初めてだった。

しかも痴漢は同年代の学生達だった。

右の胸は重さを量るように揺すられている。

左の胸は先端を探すように膨らみを所々摘《つま》み上げられている。

……どうしよう……感じちゃ……でも……

悔しさが快感に繋《つな》がってしまう自分が嫌だった。

「あっ、くぅ……!」

左胸の乳首を探し当てられて、私はかなり大きい声を出した。

いくら服の上からといっても、鋭い刺激は私を身悶《みもだ》えさせるには十分だった。

それは、後ろの連中の欲望を更に高めることになった。荒い息づかいが、体に吹きかかる。

「おい、はずしちゃえよ」

なにを言っているのかよくわからなかった。

疑問に思っている間にも、痴漢は私の女の部分を撫で回す。

自分が感じていることを認めたくなかった。

たくさんの痴漢に体を蹂躙《じゅうりん》されるということが、どんな感じなのか知りたかっただけだ。

優等生をちょっとからかってやろうと思っているだけだ。

そう自分に言い聞かせた。

「あ……ん……んっ、ぅ」

「ああ、感じてるよ、この人」

痴漢はどんどん調子づいていった。

痛いくらい、胸を揉《も》まれていた。

そして、私はそんな乱暴な行為に快感を覚えていた。

欲望で濁った彼らの目には、私がなんでも言いなりの女に映っているのだろう。

突然、お尻を撫で回していた男が、とんでもないことをし始めた。

ブラのホックを、はずそうとしている。

「止め……駄目……あっ、ん、取らないで……」

私が必死で体をくねらせると、下卑《げび》た笑いが後ろで聞こえた。

私のいやがる姿は彼らの欲望と、そしてペニスを怒張させただけだった。

お尻を触っていた男は、固くなったペニスを私のお尻にぐりぐりと押しつけている。

そして、ブラのホックがはずされた。

胸の周りの圧迫感が解放されると、胸を触る手達は服の上からブラをずり下げて、より生に近い感触を楽しもうと蠢《うごめ》いた。

「いやっ……ちょ、いや、駄目っ！」

もう、限界だった。

このままだと、私は快感に墜《お》ちてしまう。

『間もなく、明美学院。明美学院です』

流暢《りゅうちょう》なアナウンスが車内に流れると、電車にゆっくりとブレーキがかかった。

それに合わせて、私は体を激しく左右に振った。

「止めなさいよッ！」

そして、痴漢相手に絶対的な効果を持つ叫びをあげた。

振り払われた欲望の手達は、辺りがざわめき始めるとその気配を消した。

『明美学院、明美学院です』

ドアが開くと、私は肩でドア付近にいた学生を跳ねとばしながらホームに降りた。

自分を抱きしめるようにして降車した私を、ホームの人達は不思議そうな顔をして見ていた。

私はそんな人々の視線を無視して、トイレに駆け込んだ。

3

【まどか・私立明美学院　三階空き教室】

一日中、刺さるようなクラスメートの視線に、気が狂いそうになった。

私の横を通り過ぎる男子は、必ずいやらしい表情か、なぜか舌打ちを残していく。

もう普通のクラスメートとしては扱ってもらえないらしい。

そして……放課後がやってきた。


旧校舎三階の空き教室に呼び出された。

私は、待っていた男子生徒の数を見て、愕然《がくぜん》とした。

一目ではもう、どのくらいの人数がいるのかわからない。

……家に帰してもらえるのだろうか？

こんな状況で余計な事を考えてしまう自分がおかしく、そして怖かった。

「なにボケッとしてるんだ？　さっさと脱げよ」

「早くしろ！」

「えっ？　わ、わかってるわ……脱げば、いいんでしょう」

男子達がイライラしている。

今日はなにかあったのだろうか。

「おっと、上は着ておけよ。跡がつくのは嫌だからな」

「……ええ」

「ったく、邪魔が入らなきゃ、電車の中で犯れたのによ」

私はその言葉で理解した。

朝のことだろう。

しかし、私には今朝のことは遠い昔のように思えていた。

「よぅし、脱いだな」

「これでいいんでしょう？」

私は制服の上だけを残してすべて脱ぎ捨てた。

「結城、今日はお仕置きだぞ」

「くくくくっ」

男子の笑いの意味はよくわからなかった。

何人かが縄を持って私に近づいてきたので、すぐに理解出来た。

「ふぐぅ……あ……ぐぅ」

口に押し込められた丸いボールが苦しかった。

これがどういう名前の道具なのかはわからなかったが、女を辱めるための物だということは理解できた。

ボールのせいで唾液《だえき》が飲み込めず、口の端から溢《あふ》れ出てしまう。

凄く惨めな気分だった。

「ふぅ……う、ぐぅっ」

男達は私の体を縄で縛り、天井から吊《つ》り下げた。

「すげぇ恰好《かっこう》だな。ええ、結城ぃ？」

「ばーか、喋《しゃべ》れねえよ」

時間が経《た》つにつれて、縄がきつくなっていくのがわかる。

私は全身に痛みを感じていた。

「ふふふ、よし、あいつらを連れて来いよ」

「……う……ぐぅ……？」

教室の扉が開いた。

五人の男子生徒が、ためらいがちに教室に入ってくる。

彼らの顔に見覚えはなかった。

彼らは私の姿を見ると、引きつったような表情を浮かべた。

「……うわ……マジかよ……」

「あの結城先輩が……」

「見ろよ。よだれ垂《た》らして……」

彼らの顔に見覚えのない理由がわかった。

後輩なのだ。

「あの……触ってもいいですか？」

後輩の一人が、いつもの連中に対して言った。

「ふふふ、あんまりイジメるなよ」

「ぐ……ひぃやぁ……あ」

後輩達の手が、私の体に伸びてくる。

「これが結城先輩の胸か……乳首、立ってるよ」

胸を触られると、私は宙で跳ねた。

ロープで縛られているからか、乳首の感度が鋭いくらいに敏感になっていた。

……ああ……そんなに強く、乳首を摘まないで……

「柔らかい……結城先輩のおっぱい……」

胸を触りながら、後輩は私の顔を見て言った。

「……あふっ……く……あ……あぅ」

後輩にもてあそばれている。

そう思っただけで、興奮し感じてしまっている自分が惨めだった。

「縄が湿ってるけど……感じてるのかな？」

私のあそこを見ようと、後輩達は縄で強引に開かされた方へ集まった。

みんな、ズボンの前が膨らんでいた。

私は後輩にも犯されるのだろうか。

「くくっ……いいざまだな、よだれを垂らして。おっと、下の口からもか？　ひひっ」

周りから、そんな声がかけられた。

後輩達は不気味な笑いで応《こた》えながら、あそこを直接触ろうとしてきた。

私は腰を振って逃げようとしたが、すぐに太股《ふともも》を掴《つか》まれ体を固定される。

「ぐっ……ぅぅううう！」

縄が体を締め付け、全身に電気が走った。

こんな酷《ひど》い行為のせいだろうか、それとも後輩たちに見られているせいだろうか、いつもより感じている。

「よーし、そこまでだ」

「「えぇぇっ？」」

後輩達を制止した男子が一人、私の前に出てくる。

私の乳首を指先で弾《はじ》きながら、露骨に嫌そうな顔をする後輩達にニヤニヤと嫌な表情で笑った。

「ここからは有料だ」

私の体でお金を取ろうとしている。

「い、いくらッスか？」

後輩達は興奮気味に聞いていた。

「ふふふ、このくらいだな」

値段が気になった。

私の体はいったいどのくらいの価値なのだろうか。

しかし、この位置からでは男子が指で提示した金額を見ることは出来なかった。

「……ああ」

後輩達は一斉に嘆くような声を出した。

すると、とつぜん男子が私の乳首を摘んだ。

「あっぐぅ……くっ……ぅぐ」

「なんだ？　結城と犯りたくないのか？」

「……や、やりたいっす」

「こいつは淫乱《いんらん》だからな、挿《い》れてやるとペニスがちぎれるほど締め付けてくるぞ？」

「……」

後輩達が唾《つば》を飲み込む大きな音が聞こえた。

そして、無言のままそれぞれポケットから財布を取り出すと、お金を抜いて男子に手渡した。

「これから二時間は好きにしていいぞ」

男子生徒達は、彼らにそう言い残して空き教室を出ていった。

私の体と時間はお金で買われたのだ。

当然、私の意志は存在しなかった。

「いやっ、いやあぁっ！　お願い、こんなのイヤぁ」

「暴れンなよ！　ええっ、先輩？」

年上の連中がいなくなったからか、さっきまでの控えめな態度はなくなっていた。

「そうそう、センパイは俺《おれ》達に買われたんだからさ」

五人は私を降ろすと、体を縛っていた余計なものをすべて取り払った。

下半身だけをさらしたままの姿は、彼らの興奮を更に高めたようだった。

彼らは私に無造作に近づくと、両方の足を分担して持ち上げ大きく開いた。

私の抵抗は、後輩とはいえ男子五人の手に掛かってしまえば全く意味のないことだった。

拡《ひろ》げられた足の付け根、私の大事な部分に彼らの視線が注がれる。

後輩たちの、小さな溜息《ためいき》のような驚きの声が聞こえた。

「だめぇぇ！　そんなに見ないで、お願いだからぁっ！」

「すげぇ……あの結城まどか先輩のあそこだよ」

「俺、何回これを想像してオナニーしたかわからないよ」

「ああ、俺もだ。見ろよ、いやらしい液でどろどろだ」

一人が手を伸ばし私の濡《ぬ》れたあそこに触れた。それをきっかけにして、後輩たちの手が次々と私のあそこにのばされた。

「あン……ひゃあっ！　あああああ、だめ、そんなにいっぱい……あぁァっ」

同時に何本もの指で撫でられ、突つかれ、弾かれた。

抵抗しようとしても、体は彼らに押さえられているせいでなにも出来ない。

いや抵抗どころか、体が快感を求め私の意志とは関係なく勝手に動き始めている。それを抑えようとしても、彼らの乱暴で激しい愛撫《あいぶ》は私の頭の中をすさまじいまでの快感で支配し始めている。そのせいで、まともになにも考えられなくなってきていた。

「どんどん溢れてくるよ……ああ、すごい、凄いよセンパイ」

「クリトリス見てみろよ？　こんなに大きくなってるぜ？」

「ああ……そこはお願い……やさしく……優しっくぅううッ！」

後輩達は私の願いを聞いて優しくクリトリスに触れた。

その程度の刺激も、今の私には小さな刺激ではなかった。全身を刺激が駆けめぐり頭の中が真っ白にフラッシュすると私はイった。

「あれ？　先輩、イッちゃったの？」

「嘘だろぉ？　……ああ、でも、すげぇ目がとろんとしてるよ」

「気持ちよさそうにしちゃって……」

私はもうろうとした意識の中で、さらに強い刺激を、さらに強い快感を与えてくれることを望んでいた。

「あぁぁ……はぁ、はぁ、はァ……」

「センパイ、気持ちよかった？」

明らかに見下した表情で後輩が私をのぞき込んでいる。

私はその視線に耐えられず目を逸《そ》らした。

するとその私の態度が気に入らなかったのだろう、その後輩は制服を持ち上げるとブラの上から胸を強く揉みながら、もう一度、聞いてきた。

「あくっ！　……あぁ、はぁ……いや、さわらないで……」

絶頂を迎えたばかりの私がその刺激に耐えられるはずもなかった。

「結城先輩、イッちゃったんでしょ？　ね、センパイ？」

「ちがう……そんなことない」

「あれぇ？　かわいい後輩に嘘つくんですかぁ？」

「それはいけないなぁ。じゃあ、認めるまで何回でもイカせちゃいますよぉ？」

「ひひひっ！　そりゃいい」

「結城センパイの悶える顔、すげぇエロいッスよ。また見せてもらいますね」

後輩達は一斉に私の体に襲いかかった。上だけ残っていた制服は瞬時になくなり、ブラは引き千切《ちぎ》られた。乱暴な動きに胸が大きく弾みながらブラからこぼれ出た。

その動きを見ると後輩達は、襲いかかるのも忘れて私の胸をじっと見つめた。

「これが夢にまで見た結城先輩のオッパイかぁ。でかいし、おいしそうだなぁ」

「おいおい、さっきもっといいモノを見ただろうが？」

「ばーか。こいつを、チューチュー吸うのが夢だったんだよ」

「ビンビンに立ったこれか？」

後輩の一人が、指先で硬くなっていた私の乳首を摘んだ。

絶頂をむかえた直後で全身が敏感になっていた私は、その刺激にこらえきれず体を大きく仰《の》け反らした。

「あふぅぅッ！」

「「ぎゃはははははははっ！」」

それを見た後輩達は、欲望にまみれた表情をさらに濃くして笑った。

「ヒヒヒ。あの先輩が、乳首を摘まれて悶えてるよ。すげーな」

「俺、マジで憧《あこが》れてたんだよ」

「そりゃ俺もだよ。この学校の男子なら絶対に一回は先輩でしてるよな！」

「い、いや……」

後輩達から向けられたあまりにも強い欲望に、私の体は自然と震えていた。

「その先輩が、見ろよ？　こんなに乳首を立たせてさ。ああ、もう我慢できねぇよ」

ちゅぱっ！　ちゅぱ、ちゅぱぁ！

「あああああっ！　だめ、そんなに強く吸わないで……あっ、あンっ」

私が身をよじると、押さえつけるようにもう一人が空いている乳首に吸いついた。

ちゅぱっ、ちゅぱっ、じゅぅぅぅ！

「ああン！　ん、ん、んあああっ！　だめ、だめ、だめぇエエエ！」

「なに言ってンだよ、センパイ？　ここをこんなに濡らしておいて、なにがダメなんだよ」

一人の指が私のあそこを強く撫でた。すぐに足を閉じたがもう一人がこじ開けて、ついにその指が中に侵入した。

「いやあぁぁぁぁぁぁぁぁッ！」

くちゅ、くちゅ、ぐちゅっ、くちゅぅっ！

激しく出し入れされて、私はペニスを挿れられている様な錯覚を覚えた。でも、まだ、足りない。快感がペニスじゃないからぜんぜん足りない。

本物が欲しい。

そうじゃなければ、私おかしくなる。

もう、どうでもいい。どうなったっていい。

後輩だろうが、先輩だろうが、クラスメートだろうが……

私をどうにかして欲しい。

「気持ちいいかい、センパイ？」

「いいっ、いいいッ……ン、あふっ……イ……イっ！」

「ああ、まーたイキそうなんじゃないの？　センパイはスケベだなぁ」

「ちが、あぁ……ちがうぅぅぅ！　あんっ……イ、いい……気持ち、ひぃッ！」

「指の出し入れに合わせて腰振ってますよ」

「見ろよ。よだれ垂らして、気持ちよさそうに」

後輩達の言っていることは、すべて見たままのことを口で表現したにすぎなかった。

「……あぁ……後輩なのに……こんな恥ずかしいこと、されてるのに……」

「その後輩にイカされちゃったのはセンパイですよ？」

「ここ弄《いじ》られて、イッちゃったんでしょう、さっき」

私のあそこに指を出し入れしていた手が、大きく腫《は》れ上がったクリトリスを摘んだ。

「ひぃいッ！　いやァ……そこをつまむの許してぇ……あくっぅ！」

私のいやらしい液がクリトリスに塗りたくられると、私はその度に意識が遠のくのを感じていた。でも、絶頂は迎えていない。快感でなにがなんだかわからなくなり始めていた。

「センパイ、イキたいんでしょう？　じゃあ、認めなよ」

「いやぁっ、イヤっ、ぁぁぁ……あっ……」

「おらっ、気持ちいいだろぅ、センパイ」

二本の指が私のあそこに突き刺さる。

「ひゃあぁぁ！　も、もぅ、もうだめぇ……お願い、い、イカせてぇぇぇッ！」

「よしよし。イかせてやるから、あとでたっぷりサービスしてよね。センパイ？」

「するっ、するからぁ！　お願い、おねがい、おねがいっ！　イかせてぇぇえっ」

後輩達は、私の体に一斉に刺激を与えた。

「あああぁっ、い、いくぅぅぅぅぅぅぅぅ！　ひゃあぁぁぁぁあっ！」

いつの間にか、私はまともになにかを考えられなくなっていた。

もうどうなってもいい。

ただ気持ちよければ、それでいい。

私はそんなことを考え続けていた。

見るでもなく、急いで制服を脱ぐ後輩たちを見ていた。

五本もの怒張したペニスが私を見下ろしている。

私がこれをすべて気持ちよくしてあげないといけない。

そして、これが私をもっと気持ちよくしてくれる。

「さぁセンパイ、今度は俺達を気持ちよくしてよ」

まどかはゆっくりと上半身を起こした。

でも下半身に力が入らないせいで立ち上がることは出来なかった。

後輩の一人にもたれかかるようにして、そこにあったペニスを舌先を使って舐《な》め始めた。

薄い精液の味がする。

「ちゅ……ちゅぅぅ」

「うおっ、気持ちいい」

「おいおい、まどかセンパイ、なんでそいつが先なわけぇ？」

私はその後輩のペニスを手で握った。

「……ちゃ、ちゃんと後でするから」

「よーし。じゃあ、俺のもこすってくれよ、まどかセンパイ」

残ったペニス達が近づいてくる。

「こ、こう？　ご、ごめん、二人はできないよ……」

残された後輩は舌打ちをして、まどかの体に自分から擦《こす》りつけてくる。

「センパイ、ちゃんと口の中に入れてやってくれよ」

「……は、はい……はむぅ、んぐ……ちゅぷっ、じゅ」

後輩達は、明らかにさっきまでとは違うまどかに対して、微塵《みじん》の抵抗感も見せなかった。

「ああ……センパイがしゃぶってるよ」

「どうだ？　まどかセンパイのフェラチオは？」

「すげぇ気持ちいいよ。そりゃ、人気が出るわけだ」

「ひゃははは っ！　おらっ、ちゃんとこすれよ、センパイ！」

「んぐ……ぷはっ！　……こ、こう？」

しゅっ、しゅっ、しゅっ……

「おいおい、休むんじゃねぇよ。ちゃんとしゃぶれよ！」

「あぐぅっ！」

じゅぷっ、ちゅぅ、じゅぅぅぅ……

「ひひひ、さすがなんでも出来るセンパイだな」

ちゅぴゅッ、じゅぅ、じゅ……あむ……はぐぅ……

「そのまどかセンパイが俺のをしゃぶってんだぜ？　ああ、そう思うと……」

口内のペニスが一気に膨らんだかと思うと、熱い精液が放たれた。

「ひ、ぐぅぅぅぅぅぅぅっ！」

「ひゃはは！　早ぇよ」

「仕方ないだろ、今まで散々、我慢してたんだからよ。センパイ、ちゃんと飲んでくださいよ」

そう言いながら、射精した後輩は喉《のど》にペニスを突き刺した。

……そんなこと言わなくても、ちゃんとするのに。

……こうした方がいいんでしょう？

「あ……ん……ごくっ！」

「おお、飲んだ？」

「よーし、じゃあ次は俺のを飲ませてやる」

そう言いながら、後輩はペニスを口にねじ込んできた。

「あぶぅ……！　ふぐぅ……じゅ、じゅびゅ……んんぅ」

次々と口に押しつけられるペニスを私は必死で舐めながら後輩達の精液を浴びていた。

手でしごいていたペニスが、我慢できなくなって射精したかと思えば、肌にこすりつけていたペニスが薄い精液を塗りたくる。

「おおっ、出るぞぉ！」

「むぐぅ！　……ぅう……ごく、ゴクッ！」

体中が精液でべとべとになっていた。

私は完全に後輩たちのおもちゃにされていた。私は汚されている。

「ああ、もう我慢できねぇよ。挿れてぇ！」

後輩の一人が私を押し倒す。

「そうだな。一通り出し終わったことだし、犯っちまうか」

私は呆然《ぼうぜん》と、ペニスを膣《ちつ》に押しつける後輩を見ていた。

私の口からは荒い息が漏れ、精液がだらしなく垂れている。

「はぁ……はぁ……ああっ……あぅううっ！」

後輩のペニスが、ゆっくりと挿《はい》ってくる。

「すげー！　めちゃくちゃ締め付けてくるよ！」

「ホントかよ？　ああっ、くそ。早く挿れてぇ」

ぐじゅっ、ぐじゅっ、ぐじゅっ！

「ああん！　あっ、あっ……いい、いいっ、気持ちいぃ」

「へへへ、スケベな顔しやがって……この淫乱センパイは」

じゅくっ、じゅくっ、じゅくっ！

「見ろよ、自分から腰振ってる」

「ああ、こんなの見てたらおかしくなりそうだ。おいセンパイ、しゃぶってくれよ」

「あン！　……ふ、ふぁっ？　あむぅ……ちゅぴゅぅ」

後輩達は私を犯した。

膣を口を手を、それぞれが私の体を使って欲望を吐き出した。

「ひっ、んっ！　いい、いい、いいぃぃぃっ！」

「あ、センパイもうイッちゃったよ」

「自分ばっか気持ちよくなるなよな。ほら、もっとしゃぶれよ」

「あむぅ……んぅっ、んぅっ……ちゅぅ」

「こっちもしっかりこすれよ」

しゅっ、しゅっ、しゅっ！

「くっ、バカ、そんなに締めるなよセンパイ！　くぅっ、出ちまう」

どくっ、どくっ、どくぅ！

「いやっ、あっ……ひゃあああぁぁぁぁぁぁぁぁぁぁぁぁぁぁ！」

私の膣の中に熱い精液が放たれる。

膣内が精液で満たされる。ペニスが抜かれるとすぐに、精液が膣口から外に溢れ出た。

「おいおい、中で出すなよな。次のことを考えろってんだ」

「悪ぃ悪ぃ。だってよ、抜こうとしても、センパイが締め付けて離してくれねぇんだよ」

「はぁ……はぁ……中に、出すなんて……」

太股を伝う精液を見て、全員が笑っている。

こんなことをしているのに、どうして笑えるのだろう。

「センパイに中出しできるなんてな。あー、気持ちよかった」

彼らにとって、女の先輩を犯すというのはどういう感じなのだろうか。

それはきっと私が思っていることとそう違いはないだろう。

目下に見ていた人間に、弄《もてあそ》ばれている快感。

目上の人間をさんざんいたぶる快感。

そして、自分に従属させる快感。

私がいやがればいやがるほど彼らの欲望は満たされる。

だから私は拒絶する。

「……おねがい、もう、中には出さないで」

「ひひひ、やだね」

ずちゅぅっ！

「ああああぁぁぁッ！」

どろどろのあそこに、いきなりペニスが押し込まれた。

「くぅっ、これがまどか先輩の中かぁ！」

感触を確かめるようにゆっくり、後輩のペニスが私の膣の中を往復する。

「いっ、ひゃ……ああ……ああっ！　んぁ……あっ、あっ、いい、気持ちいい！」

私はあまりの快感に絶叫していた。くわえていたペニスが口からこぼれ落ちる。

後輩達はそんな私の姿を見て、更に興奮したようだった。

体の動きが一段と激しくなっている。

「あっ、出る」

どぴゅっ！

「ひあっ！　あつ、熱ぃぃ！」

「こっちもだ」

どくっ、どくっ！

「いやぁっ、中に出さないでぇ！　いやっ、いやぁあっ！」

あちこちのペニスから精液が放たれ、私の体は白い精液で覆われた。

私の目も欲望の色で覆われているに違いない。

「あぁぁぁぁぁぁ、いくぅぅぅぅぅうう！」

絶頂を味わう間もなく、新しい欲望がまどかを襲った。

まだ、まどかの時間は奪われたままだった。

4　【贖罪新聞】

結城まどか後輩に弄ばれる。

本日も結城まどかへの定例贖罪が行われた。

諸君もご存じの通り、贖罪行為の内容は回を増すごとに過激になっている。

しかしながら、事の当事者である結城まどかは一向に罪を贖《あがな》おうとする気配はなく、むしろ悦《よろこ》んでいる様子だ。

結城まどかのあまりの変態ぶりに見かねた同士達は、今回後輩達を新たな同士として招いた。

本日はその様子をお伝えしよう。


まず、結城まどかは縄で縛られ、天井から吊り下げられた。

伝統ある明美学院の風紀を乱す罪人には、やはり縄で拘束される様が似合うということだろうか。

普通の女子ならば、羞恥心《しゅうちしん》に耐えられないような行為であるが、結城まどかはこの行為にあろうことかよだれを垂らしながら喜んでいた。

そして、結城まどかはその姿を後輩達にさらすこととなった。

体を触られると、すぐに愛液を垂れ流す淫乱の先輩、結城まどかの姿は後輩達にどう映ったのか気になるところだ。

なお、参加してくれた後輩達は皆、先輩である結城まどかに憧れていたということをつけ加えておこう。

読者諸君には大変申し訳ないが後輩達に委ねられた贖罪行為が一体どんな内容であったか、編集部では正確な情報をつかんでいない。

というのも、なんと結城まどかが後輩達に金で自分の体を売ったからである。

そのため今回の贖罪は後輩達と結城まどかのみで行われた。

そして贖罪が始まるとそこはやはり生粋の淫乱、変態結城まどかの名に恥じない行為の連続だったようだ。

二時間という限られた時間ではあったが、噂《うわさ》によると行為が行われていた間、先輩後輩の立場は逆転していたとのことだ。

官能小説に始まり、イジメ、乱交、挙げ句の果てには後輩を相手にした売春行為である。

結城まどかも、いい加減に己の罪の深さに気づき、罪を贖ってほしいものだ。

今回の行為により、いよいよ後輩達にも知られることとなった結城まどかの本来の姿。

今後、後輩達からの贖罪行為が楽しみである。

彼らなら、きっとこの贖罪新聞の伝統を絶やさず維持してくれると信じている。


なおこの新聞は読後焼却のこと。

もしもクラスの関係者以外にこのことを漏らした場合、その人物は贖罪されるであろう。

注意されたい。


（贖罪新聞編集部）

5　【まどか・自室】

書いていた小説に一段落がつき、まどかがゆっくりとキーボードから手を離した。

「はぁ……」

ディスプレイから逃れたまどかは、自分がずいぶん虚《むな》しいことをしていることに気づいた。

若い娘が夜遅くまで、パソコンとにらめっこしながら、黙々と小説を書いている。

冷静に考えると、それはもったいないことに思えた。

さすがに人前では口にしないが、容姿にはそれなりの自信がある。

もちろんそれは自信過剰などではなく、他人からの評価を十分に踏まえた上でのことだ。性格も人前で猫をかぶっている部分はあるものの、素の自分を含めて決して悪いものではないと思っている。

そんなことを考えていると、まどかの中で急に寂しさが湧《わ》き上がった。

「最近、してないからかなぁ……」

胸に手を伸ばし、手のひらで包むように揉んでみる。

さらに軽く乳首を摘む。

「んっ……」

自分でも予想していなかった刺激が体の中を駆けめぐった。

「私、溜まってるのかな……?」

まどかは少しだけ苦笑いを浮かべた。あまりにもストレートな発想がまどかの頭の中に浮かんだからだ。

湿りはじめていた下着が自分がしたいことを物語っていた。

……発散しておこう。

まどかは開き直ったように、明るい笑顔を浮かべると服の上からの愛撫を始めた。

しばらく服の上から自分の胸を愛撫していたが、やがてうっとおしくなって、パジャマを脱ぎ捨てた。

こんな夜中に女の部屋へノックもせずに入ってくるような人間はこの家にはいない。

もし、誰か入ってきたら、それはそれで興奮するかもしれない。

まどかのこんな淫《みだ》らな姿を見たら、無理矢理犯してしまうかもしれない。

そう考えると、まどかのあそこからいやらしい液がにじみ出て、下着がいっそう湿った。

まどかは脱ぎかけの下着姿のまま、椅子《いす》からベッドへと移動した。

もう気持ちよい所を探すような歳でもない。自分の体の感じるところは他《ほか》の誰よりもよく知っている。

ベッドの上で仰向けになると、右手でブラをずらし直接胸を揉んだ。

左手はいやらしい液が染みている下着の上から、筋をなぞった。

「はぁ……あぁ……ん」

……やっぱり私の体、敏感になってる。

そんなにご無沙汰《ぶさた》だったんだろうか？　最後にした日を思い出そうとした。でもすぐには思い出せそうになかった。

今まどかの脳は快楽を感じることで精一杯だった。

まどかの全身にぴりぴりと刺激が走る。

より強い刺激を求め、すでに固くなった乳首を強く摘む。

左手が割れ目をなぞる速度も、快楽に比例して徐々に速まっていた。

「んんっ……あぁ……」

まどかの体を小さな波が通った。

それに合わせて体もピクンと震え、より多くの分泌液が溢れ出す。

べとべとで気持ち悪くなったまどかは下着を外し全裸になった。

今度は態勢をうつ伏せにすると、腰を上げ片方の手で自分の襞《ひだ》を開き、もう片方の手の人差し指で淵《ふち》をなぞった。

「ひゃ……くぅっ…………あぁっ」

まどかのあそこは、すでに淵をなぞるだけでイキそうなほど敏感になっていた。

ここでこんなに気持ちいいなら、クリトリスをいじったらどうなるだろう。

まどかはより強い快楽を貪《むさぼ》ろうと、指の腹でクリトリスを乱暴に押しつぶした。

「ひぃっ……あぁぁぁっ……あぁぁぁ……いいっ」

まどかの腰がビクビクと震える。

気が狂いそうなくらいの快感だった。

それでもまどかは、自分への責めをやめようとはしなかった。

それどころか、クリトリスを擦る指の動きは速くなる一方だった。

「あぁん……もっとぉ……もっとぉ……」

無意識に、誰に聞かせる訳でもない喘《あえ》ぎ声を上げていた。

……もっともっと気持ちよくなりたい。

そう思ったまどかは自分の膣に、遊んでいた指を一本挿入した。

「くぅぅぅん……あぁ、いいいっ……いいいっ……」

指はすんなりと差し込まれたが、まどかは満足していなかった。

……これじゃ足りない……もっと、もっと欲しい。

今度は一度に三本まとめて差し込む。

指はずぶずぶと簡単に挿入されてしまった。

「ぁぁぁん……気持ちいい……気持ちいい……」

まどかは自分の性器を弄び続けた。

指で、なぞり、擦り、転がす。

そして、膣を指で犯す。

すでに愛液があふれ、ぐちゅぐちゅという音を響かせていた。

「あぁ……わたしの、ここ、いやらしい音……たててる……」

指が自分のあそこを犯すたび、まどかは悶えながら身をくねらせた。

「ぁ……ぁぁ……もう、イキそう……んんっ……」

まどかは全身がどんどん敏感になっていくのを感じていた。

あぁ、もう少しで、もう少しで、私……

一瞬、視界が白くなった。

……もう、もう、イっちゃう。

このままでは、絶頂の瞬間に叫んでしまうと思った。

さすがに家族にその声は聞かれたくない。

まどかは、あわてて枕に自分の顔を押しつけた。

その瞬間、まどかの視界が真っ白に消えた。

「んっ……んんんんんんっっっっっ」

まどかは声を押し殺しながら絶頂を迎えた。

体が何度かビクンビクンと痙攣《けいれん》したあと、ぐったりとベッドに沈んだ。

まどかはしばらく快感の余韻に身を任せることにした。

「はぁ……はぁ……」

体を激しく動かしたせいで、息が切れている。

ちょっと激しすぎたかな？

まどかは疲労感と虚しさを感じていた。

一人でしたときに、ここまで激しく感じたのは初めてだった。

……でも、どんなに激しくしようと、どんなに感じようと、やはり自分の指じゃ満足できない。

安心感がないせいだろうか？
まどかは漠然とそんなことを考えた。
「私、欲求不満なのかなぁ……それとも、淫乱になっちゃったのかな」
絶頂をむかえた後のぼやけた思考の中で、ある人物の顔が浮かんできていた。
どうしてかな……
唐突に、体が男の人とのセックスを欲した。
イってからしばらく経つというのに、まどかの膣はヒクヒクと蠢いている。
今、ここに挿れられたら……
そう考えただけで、またあそこが濡れてくる。
「……今度、ちゃんとしてもらおう」
まどかはぼそっと呟《つぶや》くと、よろよろと起きあがり下着を着けずにパジャマを着た。
そしてそのままベッドに倒れ込み、気を失うように眠りに入っていった。

6

【七瀬の日記】

あいかわらず、まどかの態度がよそよそしい。
気を遣ってるみたい。
私に気を遣う必要なんてないのに。

まどかのためだったらなんだってできる。
まどかの望むことならなんでもする。
だから私のことを見て。
私はまどかがいないとダメなの。
まどか、私を捨てないで……

7 【七瀬・私立明美学院　二年B組教室】

七瀬は一枚の印刷された紙を手にしていた。
紙を持つ七瀬の手に力が込められ、くしゃりと握りつぶされた。
生徒達の間で贖罪新聞と呼ばれているものだった。
贖罪新聞。
生徒たちの間だけで流れている悪質な悪戯《いたずら》。
元々はなにか意味があったらしい。
だけど、最近はイジメの手段として使われている。
去年、一人の女子生徒が贖罪新聞を握ったまま自殺した。
それ以前にも似たような事件があったらしい。
今でも追悼の朝礼での先生たちの表情が忘れられない。

なにか得体の知れない恐怖の対象……

それが贖罪新聞だった。

話には聞いていた。

嫌な予感がする。

もし、ここに書かれていることが本当だったら……

自分の知らない所で、悪意に満ちたなにかが、まどかを対象に動いているとしたら……

「まどか……」

心配になった七瀬は、居ても立ってもいられず、すぐにまどかを探しに走り出した。

8

【まどか・私立明美学院　三階空き教室】

昼休み、私はいつもの三階の教室に連れてこられた。

集まった生徒達の人数を数えるのは、すでに不可能だった。

あらかじめ、順番が決まっていたのだろう。

私が部屋に入ると、ばかげた野次を背中に受けて、一人の男子生徒が私の前に歩み寄ってきた。

そして、クラスメート達は私たち二人を囲むように、輪を作ってその場に座り込んだ。

丁寧にマットを敷いているあたりが、私はいまここにいる全員を相手にしないといけな

困っていた。

この男は、半年くらい前に私に告白してきた男子で、断った後もしつこく言い寄られて困っていた。

ニヤついた表情が近寄って来て言った。

「よう、結城………いーや、まどか」

いことを物語っていた。

ペニスをくわえさせられるより、嫌な気分だった。

性格と同じで、しつこいディープキス。

「んぐっ……んん……ぐ……ぷはっ！」

怖くなった私が目を背けると、頭を掴み強引に唇を重ねてきた。

男の表情が段々と狂気じみてきた。

「なんだよ？　そんなに俺のことが嫌いか？」

「……」

「ひひひ。まどかとキスしたぞ」

クラスメート達に向かって言った。

なんて子供なのだろう……

「じゃあもういいな。とっとと変われよ」

「ば、バカ言うな！　これからだ」

私はその場に膝《ひざ》で立たされると、目の前で男は腰を突き出してきた。

私を見下ろした顔がニタニタと笑った。

気持ち悪かった。

「口でやってくれよ、まどか」

「……」

……そう。

……そういうこと。

そこまで私に屈辱を与えたいらしい。

自分が少し傷ついたくらいで、情けない。

心の底から、こんな男を好きにならなくて良かったと思った。

私は仕方なく口でジッパーを下ろした。

隙間《すきま》から、私の行為に大きくなっていたペニスが弾けるように飛び出した。

「おっと。ちょっと待てよまどか、なにか忘れてるだろうが？」

私が嫌々しゃぶろうとしていると、男は頭を手で掴んでペニスから引き離した。

「……なに？」

「フェラチオする前は「いただきます」って言えって、いつも言ってんだろうが」

「うわ、バカだコイツ」

「エロ本の読みすぎなんだよ」

周りが、私の代弁をしてくれている。

「うるせえ。まどかに言わせるのが夢だったんだよ」

「小さい夢だな」

私も、そう思う。

こんな男のペニスを、しゃぶりたくない。

……イヤだ。

……絶対にイヤだ。

……絶対に絶対イヤ！

「きゃッ！　痛っ！」

「なにを嫌そうな顔してるんだまどか、コラッ」

髪を引っ張って、男が強がった。

……こういう時じゃないと、なにも出来ないくせに。

「……ご、ごめん」

私の目には、苦痛と屈辱で涙が溜まっていた。

結局、こんな男にさえもどこかで恐怖しているのだ。

「ようし、ちゃんと言えよ？」

「はい……い、いただきます……」

「ひゃはははははははは！」

私は涙をこぼしながらペニスを口に含んだ。

「んぐ……んぐ……ちゅ、ちゅ、ちゅうぅ……」

「……ああ……まどかがしゃぶってるよ……」

「うぐっ……ぐっ……」

男の腰使いが苦しい。

「よぅし、先っぽを舐めてみろ」

「……ぷぁっ……ふぁ……はい」

舌で先の部分を舐める度に、薄い精液が溢れている。

……おいしくない。

たとえおいしいものでも、この男のものだと考えるときっとまずくなるだろう。

「まどか、自分でやって濡らしてろよ」

「ちゅぱ…………は、はい」

意外なことに、こんな屈辱に酔っている自分がいた。

「こっちに見えるようにやれよ、結城」

周りの男子から、声が挙がる。

私は腰を突き上げて、自分であそこを拡げて見せた。

「おおおおっ」

男達の視線が見えるわけではない。

しかし、たくさんのなにかが私のあそこを刺激している。それに反応するように液体が流れ出している。

見られて感じるようになると、女としてもう終わりのような気がした。

くちゅ、くちゅ、くちゅ。

「イヤラシイ音を立てやがって。変態め」

「んぐぅぅぅ！」

そう言って、ペニスを喉に強く押しつけられた。

恥ずかしくて、イヤで、吐きそうで、屈辱的で……でも、それが気持ちよくて、私はまた欲望の世界に墜ちようとしていた。

「もう我慢できないんだろうが」

私は頷《うなず》いた。

「くくく……おまえみたいな変態女と付き合わなくて良かったよ」

私は裸に剥《む》かれると、周りによく見えるように、机に手をつけさせられて後ろから挿入された。

目の前にはたくさんのクラスメートが居る。

彼らに悶える姿を見られている。

「ああん！　いいの、いいのぉっ！」

ぐじゅ……ぐじゅ……

「ああ……早く犯りてぇよ」

……待ってて
……この人が終わったら、すぐに出来るから。

「ひああっ！」

「ほら、もっと自分で腰を振れよ」

「はい………はいぃぃっ」

「出すぞ、中に出すぞ、まどかっ！」

ぐじゅぐじゅぐじゅぐじゅっ！

「ああっ！　っく、っく………っくぅぅぅぅ！」

どくっ、どくっ！

「……あ……あ……ぅ」

形がわかるほど濃い精液が、太股に垂れてくる。

男はそれを見ながら、満足げに制服を着始めた。

「次は誰だ？」

誰かが言った。

それに答えて、輪の中の一人が立ち上がった。

学級委員長だった。

「結城さん、よろしく……ふふっ」

外見も、性格も、勉強も、すべてに真面目《まじめ》という言葉が似合う人だ。

そんな人が私の体をにやついて見ながら、服を脱いでいる。

ペニスの先端が濡れているのが嫌だった。

「……」

「ああ、ここは汚いなぁ……どうしようか」

私の膣を覗《のぞ》き込んで、堅苦しい口調で言った。

あそこから精液を垂れ流す私は汚いらしい。

「おいおい、そりゃ俺のが汚ねぇって意味か？」

さっき私に中出しした男が、輪の中から叫んだ。

どっと笑いが溢れた。

「違うよ。結城さんのが汚いんだ」

「ひどい……」

「ふふふ、僕も結城さんの中に出したかったんだけどね……まぁ、いいか」

表情から真面目という色が消えていた。

学級委員長は私の体を床に敷かれたマットの上に倒すと、おなかの上に腰を下ろした。

「……えっ？　な、なに？」

「おっぱいで挟んでよ」

「……そんな……恥ずかしいこと……」

「ふふっ。変態の言う台詞《せりふ》じゃないよ」

表情は違っても、堅苦しい言葉遣いは相変わらずで、私は自分が物扱いされていることに気づいた。

男達を悦ばせるためだけの、おもちゃ。

そう考えると、また泣いてしまいそうだった。

けれど涙は出なかった。

すでにどこか壊れ始めているんだろう。

「ああ……結城さん、気持ちいいよ」

ずりゅっ、ずりゅっ
「……ふぁ……ちゅ……ぅ」

ペニスを胸で挟むと、腰が動き始めた。

私はその動きに合わせて、舌でペニスの先っぽから溢れる精液を舐め取るように指示された。

たくさんの人達に同時に犯されるより、こっちの方がはしたない行為に思えた。

「ふふ、一生懸命だ」

「ちゅぴゅっ……う……ちゅ……」

「結城さんはこっちの方は大人《おとな》しいのかと思ってたけど、やっぱり積極的だね……ふふ」

学級委員長が蔑《さげす》むように私を見下ろしている。

冷たい眼で、私の膨らんだ乳首をつねって遊ぶ。

この人にされていると、本当に自分がおもちゃのように思えた。

「……そんなに、強く、つね、らないでぇ……」

もちろん、止めないし応えない。

私の意志など存在しない。

腰の動きが少し早くなってきた。

「結城さん……くっ」

「いっ？　…ひゃあっ！」

一気にペニスが膨らむと、学級委員長はなにも言わずに私の顔に精子を撒《ま》き散らした。

「ああ……結城さぁん……」

学級委員長はペニスを私の口元まで運ぶと、強引に押し込んできた。

どうやら、綺麗《きれい》にしないといけないらしい。

「ちゅぶっ……ん……あ、あむぅ……じゅ……」

精液をすべて舐め取ると、学級委員長は私から離れ、ペニスをズボンに収めた。

「結城さんの唾液がついてる……汚いなぁ」

そんな台詞を捨てて、彼は輪の中に戻っていった。

ああいう人ほど自分の残酷さに気づかないのだ。

「おい、昼休みが終わっちまうぞ？」

誰かが、いらついた口調で叫んだ。

「放課後か……」

一つの意見が出た。

すると素早く、別の方から怒鳴るような口調で反論が出る。

「バカ言うな、あんなの見せられて我慢できるか」

みんな、この意見に賛同したようだ。

そしてクラスメートの輪が、一気に立ち上がった。

「結城、ちゃんとしゃぶれよ」

「ふぁ、ふぁあい……あむぅ、じゅぷっ」

両手でペニスをしごきながら、口も使って、あそこは自分で動きながら、私は一生懸命みんなの精液を出すことだけに専念した。

「乳首凄いよ、そんなに感じてるのか？」

後ろから揉んでいる男が、乳首をつねりながら言った。

「ぷはっ……うん、こりこりするの、いいのぉ」

「よしよし、もっと揉んでやるからな」

「あああっ！」

「くっ、だすぞぉ」

どくっ、どくっ……

また、あそこの中に精子が放たれた。

もう膣の中は精液で溢れていた。

まだ入るのだろうか。

「やぁぁぁん」

まだ、出していない人も大勢いる。

その人達は少し後ろで、私の姿を見ながら自分で擦っていた。

私が出してあげなくてはいけない。クラスメートなのだから。

全員、私が処理してあげないと。

「じゅぶっ、じゅぶっ……ちゅうう」

「うう、出るっ」

……ふふふふ。

クラスメート達はそれぞれ精子の濃さが違う。

味も微妙に違う。

今度から、精子の味で誰か当ててみるのも楽しいかもしれない。

「い、くっぅ！」

失神するほどではないけれど、私は何度も小さくイッていた。

その度に小刻みにあそこが震え、中に挿れてる人は大抵、それで射精した。

「早くしないと昼休み終わるぞ」

「ああっ……ごめんね、ごめんね」

私はなぜか、謝っていた。

……ううん、違う。

私がもっとしっかり気持ちよくしてあげられないから駄目なのだ。

「あー、もう壊れてんな、結城は」

「ごめんね……ごめんね……」

「元からだろ？　変態なんだから」

「ごめんね……ごめ……んひっ、あああぁっ、いくぅぅぅぅ……！」

「ひゃははは！　謝りながらイッてるよ」

「結城、気持ちよかったか？」

しゃべれなかった。

だから一生懸命、頷いた。

「くくっ、そうか。まだして欲しいか？」

何度も何度も頷いた。

変態の私は拒否してはいけない。

クラスのみんなの言うことを素直に聞いていればそれでいい。

そうすればみんな優しくしてくれて、気持ちよくしてくれる。

「おい、あそこ見てみろよ」

「うわっ、まだ精子出てるよ。ひどいねぇ」

いっぱい、友達が増えた気分。

考えてみれば、いままでの生活を続けるより、こっちの方が楽しいかもしれない。

みんなと仲良くできる。

だから、みんなの言うことはちゃんと聞こう……

「……ま、まどか……」

クラスメート達の行動が止まった。

だれだろう。

もう、ホームルームが始まったのかもしれない。

先生だろうか。

「押さえろっ！」

誰かが叫ぶと、クラスメート達は慌ただしく動きはじめた。

「え？　は、離して！　いやっ！」

なにが起こっているのだろう？

まだ、この気持ちのいい世界から抜け出したくない。

でも、なにが起こっているかは知りたい。

なんとかなにが起きているのかを見ようと思ったが、まだ私の目は靄《もや》がかかっているせいで、なにが起こっているのかはわからなかった。

「くそっ、暴れんな！」

ぼんやりとたくさんの人影が見える。

ひとつの女子の制服に、たくさんの男子の制服が被《かぶ》さっている。

みるみる女子の制服は見えなくなった。

「おい、脱がせろっ」

「いやっ！　来ないで！　止めっ……」

「す、凄ぇ、平松《ひらまつ》七瀬のハダカだよ」

……え？　誰？

「み、見ないで……」

聞いたことのある声。

「とりあえずブチ込んどけ！　黙らせるんだ」

私には、挿れてくれないのかな。

「おい、結城を撮ってたビデオ使え！」

私の姿、撮られてたんだ。

そんなことをしなくても、言うことならなんでも聞いてあげるのに。

……カメラ、どこにあったのかな？

「な、なにっ？　いやあああぁぁぁぁ！」

だいぶ、靄が晴れ、辺りが見えはじめていた。

クラスのみんなは私を放って置いてなにをしてるのだろう。

……あれ？

「ななせ…………なに、してるの？」

「ま……まどか…………まどかぁぁぁぁぁぁ！　あぁっ！　くっ、いっ……やっぁあ！」

七瀬が男達に犯されていた。

きっと私の様子が変だったから、気にして捜してくれてたんだろう。

……ありがとう。でも……ごめんね、七瀬。

……こんな事になっちゃって。

七瀬はさっきまではすごく嫌がっていたのに、もうあそこからクチュクチュというイヤラシイ音が聞こえている。

「まさか、平松七瀬とやれるなんてな」

「ああ、結城も友達を巻き込んで、罪な奴《やつ》だ」

……ごめんなさい。

心の中で何度も謝った。

「ほら結城、おまえもだ」

「あっ……きゃっ！」

私は後ろから挿入された。

すぐに口もペニスで塞《ふさ》がった。

「いやぁっ……いやっ……」

横目で七瀬を見ると、同じように後ろから犯されていた。

もう挿入されてしまっているのに、なんとかして抜こうと懸命に腰を振っている。

その腰の動きがすごくいやらしかった。

そうすると男が悦んでしまうことを七瀬は知らないのだ。

「そんなに友達が気になるのか？」

「あ、ぐっぅ」

私にくわえさせている男が、深く喉の奥を突いた。

一生懸命やれ、ということだろうか。

「だめっ……ああっ……ん、くぅ！」

七瀬の声が、段々艶《つや》っぽくなっていく。

逃げていた腰が自らペニスを深く挿れようとして動いている。

「平松ぅ、ちゃんと撮ってやるからな」

男の一人がビデオカメラを持って七瀬に迫った。

「……いや……撮ら……ないで……ぐっ……」

七瀬が顔を隠そうとしていると、誰かのペニスが無理矢理、口に押し込まれた。

苦しそうな顔で、カメラを睨《にら》んでいる。

女の私が感じてしまうような表情。

……七瀬……きれい……

「あぁあぁあぁあぁあぁあぁ！」

七瀬の中に男が精液を流し込んだ。

ビデオカメラが七瀬のあそこから垂れ落ちる精液を追っている。

「おまえ、量多すぎ」

「うっせーな、七瀬が締め付けるんだよ」

「ひっひっひ、もう七瀬呼ばわりか？」

七瀬の眼が恐怖から快感に変わっていた。

ああなっては男達に自ら腰を振るしかない。

そうするに決まっている。

なぜなら、私がそうだったから。

意外と七瀬が墜ちるのは早かった。

たしかに七瀬には素質がありそうだった。

「あっ、あっぁ！　つ、続けてなんか……いやぁ」

精液の抜けきらない七瀬の膣にまたペニスが挿入された。

「ふふ、これからは平松とも毎日やれるな」

「俺は結城の締め付けがいいな」

私に挿入している男が言った。

「……うぐっ……ぅ」

「おおっ？　コイツ、締めやがった」

「やあっぁん、違うの、違うのぉぉ！」

「ひひひ、嬉《うれ》しかったんだろうが？　ええ？」

答えずにいる私のあそこに、激しく腰が打ち付けられた。

「あひぃっっ！」

「どうなんだ、結城？」

「あああぁ……はい、嬉しかった、ですぅ……」

教室の壁が震えるほど大きな笑いが起こった。

七瀬が私を見ている。

寂しそうな眼。

……七瀬、ごめん。

「平松ぅ、おまえもあんな変態にしてやるからな」

誰かが言った。

七瀬と視線が繋《つな》がる。

ぱく、ぱくと、口が虚しく開いている。

……なんだろう？

……ああ、そうか。

私も……だから、一緒に……ねぇ、七瀬……

「あっ、いくぅっ……あああぁぁぁぁぁぁぁぁぁぁぁぁ……」

私達は同時に絶頂を迎えた。

第3章　接触

1【まどか・高田《たかだ》学園駅ホーム】

改札口で彼の姿を見つけたとき、待ち伏せ一時間の苦痛は吹き飛んだ。

「あれぇ？　どうしたの、こんなところで」

「あっ、久しぶり」

私は驚いたフリをしながら、慌てて買い物に来ていたとつけ加えた。

「ひょっとして、待っててくれたのかと思ったよ」

「や、やだなぁ。偶然よ、グウゼン」

「そっか、残念」

「んっ？　なに、待ってて欲しかった？」

……うそ。待ってたの。

ずっとドキドキしながら、改札で一時間も待っていた。

偶然なんかじゃない。

会いたい一心でずっと待ってた。

「一緒に帰ろっか？」

そう、この言葉を聞くために待っていた。

私はためらわずに頷《うなず》いた。

西に傾いた太陽に照らされた車内には、乗客たちのまばらな影が伸びている。

帰宅ラッシュ前の不思議なほど静かで落ち着いた電車の中は、素敵なシチュエーションに思えた。

思えば電車から始まった恋だった。

「明美って、頭いいんだよね」

「そんなことないよ」

私は彼を席から見上げながら言った。

しきりに上目で可愛《かわい》い女の子を演じている。

お互いの名前を知ってからも、ぎこちない会話だけが続いていた。

それでも最近は、やっと冗談めいたことも言えるようになってきた。

「僕も受けようとしてたんだけど、ヤバかったからこっちに逃げた」

彼は制服を正しながらそう言った。

その顔は笑っていて、今の言葉が冗談なんだとわかった。

だから私も冗談で切り返す。

「そうなんだ？　ふふ、でも良かった」

「どうして？」

「明美に来られたら、女の子達がかわいそうだから」

「ちょっと、ちょっと、どうしてそうなるの？」

同じ車両に乗り合わせた制服姿の女の子達は、みんな彼を見ていた。

確かにかっこいい。

すっきりした顔立ちと人の良さそうな雰囲気だけで、大抵の女の子は彼に好意を抱くだろう。そして話を重ねていけば、きっと私のように彼に夢中になる子だって出てくるに違いない。そんなことが事実として、私の耳に届いていた。

「何人も泣かせてるくせに。ねっ？」

「だぁ、かぁ、らぁ、本当に誰《だれ》とも付き合ってないんだってば」

「私も泣かせる気でしょう？」

「まさか」

「ほんとうかなあ？」

「……じゃあ、付き合ってみる？」

その時、一度だけ電車が揺れた。

2 【交換日記】

七瀬へ。

返事、ありがとう。

七瀬のおかげで、なんだか気持ちが楽になった気がする。

七瀬に勇気を分けてもらった気分。

今なら、自信をもって恥ずかしがらずに堂々と告白できそう。

でも、告白するのはもう少し様子を見てからにしようと思ってる。

自分の気持ちも大切だけど、周りの状況とか、他《ほか》の人のこととかも大事。

だから、その辺をよく考えてからしようと思う。

それと気になる人が誰かってことだけど、七瀬もよく知っている、私たちのすごく身近な人だよ。

3 【交換日記】

まどかへ。

まどかの気になる人が、なんとなくわかった気がする。

でも、まだ確信が持てないので言わないでおくね。

私の想像と違っていたら恥ずかしいし、なにより無理矢理聞き出すみたいにはしたくないから。

だから、まどかの決心がついて、私に教えてもいいと思ったときに教えてね。

私は待っているから……

それと小説に出てくる男の子のモデルは、やっぱりまどかの気になる人なのかな？

なんとなくだけどそんな気がしたな。

間違ってたらゴメンね。

4【贖罪新聞】
結城まどかイジメ情報続報。

クラスメート全員に奉仕する結城まどか。

結城まどかの贖罪に、いよいよクラスメートの大半が立ち上がってくれたようだ。

結城まどかはあの大きな胸を使って男子のペニスに奉仕していた。

撒《ま》き散らされた精液を舐《な》め取るこの嬉々《きき》とした表情に、クラスメート達は以前の結城まどかとのギャップをどのように感じたのだろうか？


交際を断った男に犯される結城まどか。

交際を断った男に犯されるというのは一体、どういう気分なのだろう？

結城まどかがこのふった男に中出しされて悶《もだ》えていたのを見ると、随分と興奮するもののようである。

無論、結城まどかが変態の淫乱《いんらん》であることを忘れてはならないが。

彼も十分満足し、最後には結城まどかの変態ぶりに付き合わなくて良かったと言う捨てゼリフを残していた。


緊急情報！　平松七瀬輪姦《りんかん》さる。

平松七瀬は結城まどかの友人である。

その平松七瀬が放課後恒例となった結城まどかへのイジメに強制参加してきたのだ。

彼女は様子がおかしい結城まどかを探して例の教室まで辿《たど》り着いたようであったが、あえなく男子生徒達に捕まり、そして輪姦された。

結城まどかの友人ということであれば、やはり彼女も変態の淫乱女であろうか？

自ら腰を振るまでに墜《お》ちた平松七瀬を見て、皆で答えを見つけていただきたい。

また、今回のケースは素晴らしい友情を垣間見るとともに、結城まどかのような変態に関わるとどうなるかを知らしめるいい機会だったのではないだろうか？

今後、結城まどかとともに平松七瀬の処遇がどうなるのか、詳細は追って報告する。

なおこの新聞は読後焼却のこと。

もしもクラスの関係者以外にこのことを漏らした場合、その人物は贖罪されるであろう。

注意されたい。

（贖罪新聞編集部）

5　【まどか・喫茶店】

ボリュームを絞った有線放送が、ちゃんと聞き取れるほど、静かな店だった。

私たち学生の姿が濃く浮かび上がるほど、落ち着いた色調で雰囲気はまとめられている。

「私、友達に色々聞かれちゃった」

ストローをくわえたまま、彼は「何を？」と聞き返した。

こういうところは妙に子供っぽい。

「私たちが歩いているの見たって」

うんうんと言うように頷いて、彼は私の続きを待った。

「彼氏かどうか、聞かれたんだけど……」

私はそこまで言って、口ごもった。

続きを言えない訳ではなかった。

むしろ、彼の気持ちを知りたかった。

そんな態度を見て、彼は疑問に思ったのだろう。ジュースを飲むのを止めた。

「そうなんだ。で、なんて答えたの？」

「教えてあげない」

「あ、そうゆうコト言うんだ？」

どうして私は素直になれないのだろう。

はっきりと言ってしまえばいいことだった。

簡単なことだ。

私たちはお互いの気持ちを、言葉で伝え切れていなかった。

彼は、それでいいと思っていたのかもしれない。

でも私は違った。

「だって、私たち、付き合ってるのかどうか、わからないし……」

今度は本当に、言い続けることが出来なかった。

彼は私から視線を逸《そ》らし、そしてどこか遠くを見ながら喋《しゃべ》った。

「実はさ、昨日ね、女の子に告白されちゃったんだ」

「ええっ!?」

周りの人が、振り返って私を見た。

私はそんな周りの視線を無視して、彼を見つめた。

「明美の子だよ」

「誰っ？　ねぇ、誰なの？」

詰め寄ると、彼は私に視線を戻した。

すごく意地悪な表情だった。

「教えてあげない」

私は泣きそうな顔をしていたと思う。

それは彼の態度でわかった。

「あ……ご、ごめん。怒った？」

「別に……」

しばらく、会話が途切れた。

私は怒っていたんじゃない。

ただ、ショックでなにも喋れなかっただけだった。

口を閉ざした私に彼はなにも言わないことで、私を気遣ってくれていた。

お互いの視線は全く別の方向を向いていた。

無駄に時間が過ぎていく。

店内に流れる、流行《はや》りの曲を覚えてしまうのではないかと思った。

好みの曲ではなかった。

「ねぇ、出よっか？」

私は曲の途中で席を立った。

「……」

彼はなにも言わないで立ち上がった。

気を遣ってくれているのだ。

でもそれが嫌だった。

余計な気なんて遣って欲しくはない。

私にだけは特別でいて欲しい。

「オゴリだよね？　ねっ！」

明るく振る舞って見せる。さっきのはなんでもなかったように。

じゃないと、次がないような気がしたから。

「うん。いいよ」

彼は微笑《ほほえ》んで、私の手を取った。

「あ……」

私の動揺なんて気にせずに、そのままレジまで引っ張って行く。

表情は見えなかった。

「ちょっと待っててね」

手を離すと、彼はポケットから財布を抜き出して会計を済ませている。

その背中で私は握られた手をじっと見つめていた。

曲が終わり、それに合わせたように店内が静まりかえった。

「ああ、そうそう。さっきの話だけど」

彼が扉を開けながら、私に言った。

「うん？」

新しい曲が流れ始めている。

「付き合ってる人がいるから、ごめんねって」

「……バカ」

新譜の中で一番好きな曲だった。

6　【まどか・自宅】

少し熱めのシャワーだった。

浴室から出ると、外気は温度差を明確に伝えてきた。

身を縮めて、体を拭《ふ》きながらバスタオルを着る。

『浴びてきなよ』

その言葉の意味を理解できないほど、結城まどかは子供ではなかった。

彼の気遣いはいちばん惹《ひ》かれる部分。

自分が求められる快感は女として純粋に嬉《うれ》しい。

上気した顔を鏡に映して、とびきりの表情を作ってバスルームを出た。

ベッドルームに戻ると、さっきまで点《つ》いていたはずの明かりがすべて落とされていた。

まどかはしばらく呆然《ぼうぜん》と立ち尽くした後、ゆっくりと足を踏み出した。

きっと、気を利かしてくれているのだろう。

こういう気遣いが好きだった。

「ねぇ、どこにいるの？」

闇《やみ》の中を手探りしながら呼んだ。

返答はなかったが、人の気配が立ち上がったのはわかった。

「……きゃっ⁉」

闇を彷徨《さまよ》っていた手がいきなり捕まれたかと思うと、そのまま強引に引き寄せられた。

よろめいて転びそうなまどかを、人の体がやさしく受け止めてくれた。

ビクンと音が聞こえるほど心臓が大きく震えた。

勢いでタオルが落ちて、闇の中に肌がさらされる。

「あっ……」

闇の中であっても、まどかは女の部分を隠そうとした。

掴《つか》んだ手はそれを許してくれなかった。

「恥ずかしい？」

「う、うん……」

答えると空いた手で私を引き寄せた。

肌と肌がぴったりくっついて、彼も既に裸だということに気づいた。

私は肌の感触を強く感じるために彼を抱きしめた。すると腰の辺りからやってきた手が頭を撫《な》で、頬《ほお》に触れ、唇の縁をなぞった。

「あ……んっ」

小さな吐息が漏れると、唇が重なってきた。

彼の舌を拒む理由はどこにもなかった。だから私も舌を激しく絡めた。

「ん……ん……んあっ！」

私がキスに酔っていると、その隙《すき》を見てお尻《しり》に手が当てられる。

男の人は、どうしてこう落ち着きがないのだろう。

突然のいたずら行為に対する驚きは、彼の唇にふさがれていた。

こういうのを巧いというのだろうか？　他に経験がないからよくはわからない。

「ん……ずるい」

キスが終わるとさっきまでさんざん私の口内をいじめていた舌が、首筋を楽しそうに滑り落ち、胸の膨らみを所々かまわず吸い上げていった。

「あ、くっ……あぅっ」

唾液《だえき》と吸引ではしたない音が闇の中で繰り返される。

行為はそこまで刺激的ではなかったが、私はその音に興奮していた。

そして期待する。

いつ、乳首を吸い上げてくれるのだろうかと。

「ん、やぁっ……意地悪しないでぇ」

「ん？　じゃあ、どこがいいの？」

「ば、バカ……」

否定しながら、欲望を見透かされた恥ずかしさで、私はさらに感じてしまった。

あそこが、自分でも怖いくらい熱くなっているのがわかる。

「言わないと、してあげないよ？」

彼は私の事をなにもかも知っているから、こうやっていじめるんだ。

「いやっ。ここぉ」

私は尖《とが》り始めた乳首を彼の顔に押しつけて、唇を探した。

それはとてもはしたない行為だと思った。しかし彼もこういう私を期待してくれている。

「乳首、固くなってるよ」

「ち、違うの……これは……んぅっ！」

乳首が生暖かいものに包まれたと思った瞬間、それは急激に収縮した。

否定しようとした私の言葉は、しびれるような快感で吹き飛んでいった。

彼の口内で私の乳首は舌で転がされたり、舐められたり、ますます固さを増していく。

「くぅ……あぁっ、そんなの、そんなに……」

口から出た言葉にはなんの意味も存在しなかった。それはただ快感に悶える、意味のない女の喘《あえ》ぎだった。

私のお尻を揉《も》んでいた手が、二つの膨らみを割ってあそこを探り始める。

やがて辿り着いたその手はあそこの形をなぞるように滑った。まるでぬるぬるの感触を楽しむようだった。

「ひぅっ！　あぁ……やぁ、いきなり、そこ……んぅっ」

私はもう自分の力で立つことを諦《あきら》めた。

彼の体に全身を預けると、乳首を吸われる快感とあそこを弄《いじ》られる快感を同時に楽しんだ。

あまりの気持ちよさに、ナイショで何度も小さくイッていた。

「ベッドに行こうか」

私が答えるより前に、彼は私を抱えてベッドに向かった。

優しく大切な物を置くように、ベッドに寝かせてくれる。

……いよいよなんだ。

「優しいのがいい……ね、駄目？」

「うん。心配しないで」

さんざん刺激を与えられて、なにかがこぼれたくらい濡《ぬ》れた私のあそこに、彼のペニスが触れた。くちゅっと、いやらしい音がした。

暗くて見えなかった彼のペニスは、鋭い固さと熱で、私の入り口を擦《こす》りながら探した。

ペニスでクリトリスが弾《はじ》かれ、頭の中が一瞬、真っ白になる。

「あぁぁ……熱……ぅ」

これがあそこに挿《はい》ってくる。そうなれば私は……

「好きだよ、まどか」

彼の声が耳元で聞こえた。

私が小さく頷くと、私の中に彼の熱いモノがゆっくりと挿ってくる。

「ああっ、正巳《まさみ》ぃ……」

私は挿入されただけで絶頂を迎えた。

7 【七瀬の日記】

今日、まどかが遠い世界に行ってしまった気がした。

まどかは私のものだと思ってたのに。

明るくて、友達が多くて、勉強ができて、運動も得意で……
いつも私の欠点を注意してくれるまどか。
私の持ってない物をたくさん持ってるまどか。
私のできないことをたくさんできるまどか。
……そうだよね、私なんかとまどかじゃ釣り合わないよね。
それでも私はまどかが大好き。
まどか、大好きだよ。
……まどか愛してる。

第4章　転落

1　【まどか・自室】

まどかはいつものようにディスプレイを見つめながら悩んでいた。

暗い部屋の中、ぼうっとした妖《あや》しい光がまどかを照らしていた。

その光の中に並んだ文字たちを、まどかは見るでもなく眺めていた。

今、まどかはある選択を迫られていた。

二つの内のどちらか片方を選ばなければならなかった。

だけどまどかにはそれができなかった。

どちらがより良い選択なのかわからない。

だから、今は小説を書き進めることに不安が残る。

まどかの思考は堂々巡りを繰り返し先に進めなくなっていた。

ふとまどかの思考に小さな違和感が表れた。

その違和感はすぐにわかった。

「なにか、忘れている……」

口から出た言葉が、今の状況を正確に説明していた。

この状況を変えるためには、七瀬と会うしかない。唐突にそんな思いがまどかの中にわき上がってまどかは七瀬に会おうとした。

ただ、七瀬と会って話をすれば、それだけでどちらか一方を選ぶことができる。そう思った。しかし、結局、七瀬と会うことはできなかった。

外に出ることで、小説のアイデアを得ることが出来たのがせめてもの救いだった。けれど、小説をどんなに書き進めることができたとしても、根本の部分での問題の解決にはならなかった。

なにかが足りない。

まどかはそう思っていた。

それはさっきから感じている違和感であり、忘れているなにかだった。

ただ、すべては七瀬に会えば解決するという妙な確信が、まどかの中には依然存在していた。そして、それは確実なことに思えてきていた。

まどかと七瀬は、以前にもなにか決断しなければならないことを迫られた気がしていた。でも、それはいったいなんだったのかはわからない。それは今は思い出すことが出来ないことだった。

嫌なことだったのだろうか？

それともあまりに幸福なことで、いや、あまりにも当たり前のことになってしまって、思い出すことが出来ないのだろうか？

それさえ思い出せれば一気に先に進める。その確信だけはまどかの中でどんどん強くなっている。

まとまらない思考と、思うように進まない小説に苛立《いらだ》ちを感じながら、まどかは同じ態勢のまま、ディスプレイを見つめ続けていた。

2 【まどか・私立明美学院　生徒昇降口】

学校に着いた私を待っていたのは、男子生徒達のいやらしい顔だった。

「おはよう、結城」

私は上履きに履き替えながらそう言った。

「……おはよう」

「少し付き合ってもらえるかな」

私は無言で頷《うなず》いた。

それ以外の選択肢など最初からないのだから。

彼らの後について、私は廊下を歩いていった。

行き先は思った通り、いつもの教室だった。

「じゃあ、早速だけど、これを着けてもらうよ」

一人の男子生徒はそう言いながら、デイバックの中からバイブを取り出した。

「ほら、時間がないんだ。すぐに脱いで」

私はその言葉にしたがって、嫌々、制服をすべて脱いだ。

「いきなり挿《い》れると痛いだろうから、これを塗ってやるよ」

彼はそう言うと、小さなハンドクリームの容器みたいな物を取り出すと、蓋《ふた》を開け中のクリームを私の割れ目に丹念に塗りつけた。

「なんなの、これ……？」

「媚薬《びやく》成分の入ったローションらしい。俺《おれ》も詳しいことはわからないけど」

そう言うと、バイブを割れ目に当てると特になにも言わずいきなり挿入した。

「あっ、つぁぅ……」

私の体はまだ受けいれる準備を整えていなかったせいで、痛みを感じていた。

「我慢しろ。すぐに良くなるって。他《ほか》にこれも体に着けるからな」

男が小さなローターとロープを取り出す。

「ほら、テープで留めてやってくれ」

そう言うと、二人の男子が私の胸に小さなローターを張り付けた。

さらにバイブを膣《ちつ》に深く挿入すると、手早くロープで、私の体を胸と股間《こかん》を強調するように縛りあげた。

バイブが落ちないように固定されている。

胸やあそこは、痛くない程度に適度にきつい。

それは私に意外なほど強い快感を与えていた。

男が楽しそうにそう言ったとき、教室の扉が突然開かれた。

「どうした？　まだスイッチは入れてないぞ」

体をひねったとき、思わず声が出た。

「んっ……」

3　【七瀬・私立明美学院　生徒昇降口】

学校に着いた七瀬を待っていたのは、人形のように同じ表情をした複数の男子生徒だった。

そいつらは自分達についてくるように言い、七瀬はそれを拒絶しなかった。

男達について、いつもの教室へと向かう。

教室の扉を開けると、中にいた人間が一斉に七瀬たちの方を向いた。

その中にはまどかの姿もあった。

全裸で立ったままバイブを挿入され、乳首にローターをテープで貼《は》り付けられ、ロープで上半身と下半身を縛られたまどかが。

「あ……ああ……」

まどかは意味のない言葉を発していた。

「これは平松さん、いらっしゃい。こちらへどうぞ」

男子生徒の一人が演技めいてそう言うと、立っているまどかの隣を指さした。

私はその指示におとなしく従った。

横にいた男が、唐突に七瀬のスカートの裾《すそ》を持ち上げた。

「これはダメだな。さっさと脱いでもらおうか……ついでだから、全部脱いでもらおう。

ちなみに下着はすべて没収だけどな」

まどかは、すでに制服を着ようとしていた。

どうやら今日は一日、これで過ごせということらしい。

私は迷ったあげく、結局すべて脱いだ。

すぐに男子生徒達が群がり、そして、さっきまでのまどかと同じ恰好《かっこう》にさせられた。

「ふふ、いい恰好だ。今日は二人仲良く、この恰好で一日過ごしてもらおう」

そう言うと、男子たちはまどかを連れて教室を出ていった。

七瀬は下着をとられていたので、仕方なく制服だけを身に着けると教室を出た。

二年の教室前の廊下に行くと、そこでまどかが待っていた。

少し離れた位置に男子生徒達がにやけた笑みを作って立っている。

七瀬はまどかに近づいた。

「大丈夫、まどか」

「ええ、七瀬は？」

「うん、なんとか……つけられているのが、動かなければ多分、大丈夫……」

七瀬がそう言うと同時に、七瀬の体に付いているバイブとローターが一斉に動き出した。

「ひっ……いやっ……」

七瀬は体をびくびくと震わせると、うずくまった。

「あっ……やめ……て……」

七瀬は男子生徒達を見つめた。

だけど彼らはにやにやといやらしい笑みを浮かべるだけで、助けようとはしない。

七瀬は急に恐怖心を覚えた。

わき上がった恐怖心は、自分自身で抑えることは出来なかった。

七瀬は急に立ち上がると廊下を走り出した。

「いやぁっ！」

七瀬は絶叫していた。

でも、それは長くは続かなかった。

突然バイブの動きが最大になり、七瀬は電流を流されたように急につま先立つと、そのまま前のめりに倒れた。

倒れた七瀬のまわりにまどかと男子生徒達が素早く集まる。

心配そうにのぞき込むまどかの顔を見たとたん、七瀬は失神した。

４【まどか・私立明美学院　保健室】

私は七瀬の付き添いとして、保健室に残っていた。

男子生徒達は七瀬を保健室まで運んでくると、すぐに帰っていった。

私はてっきり保健室でやられてしまうんだと思っていたけど、どうやらその心配は杞憂《きゆう》だったようだ。

でも一つだけ、心配なことがある。

それは保健の先生が今日は休みだったこと。

そして保健室には代わりの当番として、校内の嫌われ者の教師がいた。

変態……セクハラ……そんな言葉がこの教師の話が出ると、必ず出てくる。

そんな教師だった。

案外、彼らがおとなしく帰っていったのも、それが理由だったのかもしれない。

私はじっと七瀬の横顔を見つめていた。

いつが最後だっただろう、七瀬の横顔をじっと見つめたのは。

そういえば、いつだったのか思い出せない。

前はよく七瀬の家で勉強会をしていた。

いつが最後だったかな？

七瀬は静かに寝息を立てている。

本当に静かな寝顔。

見ているとあの惨劇すら嘘《うそ》のように思える。

私のせいでこんな酷《ひど》い目に遭わされている七瀬。

七瀬のためになにかしてあげたい……

七瀬を救ってあげたい……

七瀬だけは……

七瀬……

「おいっ、結城。どうだ、平松の様子は？」

私の思考を邪魔するように、先生が話しかけてきた。

どうやら暇をもてあましたというより、近づくきっかけが欲しかったようだ。

「大丈夫そうです。今は寝ています」

ゆっくりと近づいてくる。

「そうか。じゃあ、おまえは戻っていいぞ」

「いえ、いいんです。私もたまには授業さぼりたいなぁって思ってたんです」

「真面目《まじめ》で優等生の結城がねぇ、人は見かけに寄らないものだな」

「そうですか……」

「ああ、どの先生に聞いたっておまえのことを知っている先生方は、みんな真面目ないい子だって言うぞ」

違う。それは演じているだけ。

「それ……喜んでいいんですか？」

「当たり前じゃないか。いい子だって言われて悲しんでどうする」

「……そうですね」

私と話をしながら、その教師は私の体を舐《な》めるように見ている。

じっと胸元を見つめていたり、ふくらはぎを見つめていたり、唇を見つめていたり……

視線が落ち着かない。

そんな風に見られたら、私、感じてしまう。

その教師は男子の体育を教えていて、たまに女子の体育も見ることがある。

七瀬がストレッチでその教師と組んだとき、お尻《しり》や胸を触られたと言っていた。

他の所も必要以上に長時間いやらしい手つきで触っていたらしい。

それを聞いたときは、嫌悪感しか感じなかったけど、今の私がそんなことをされたら、いやがりながらも感じてしまうに違いない。

「でも、どうしたんだろうな、平松は？」

「えっ……ええ、どうしたんでしょう？」

「勉強のしすぎかな」

そいつはそう言いながら、七瀬のおでこに手を当てた。

熱がないかどうか、調べているつもりらしい。

でもその手つきが妙にいやらしい。

とにかくどこでもいいから、触りたいのだ。

「先生、熱はない……」

私がそこまで言ったとき、七瀬が小さくうめき声をあげた。

「ぅぁっ……」

突然、バイブのスイッチが入ったに違いない。

きっとどこかで男子生徒たちが見ている。

私のバイブのスイッチは入れられていない。

七瀬のスイッチだけを入れたのだ。

「どうしたんだ?」

「大丈夫です。なにもないはずです」

そう言いながら、私は自分の声が震えていることを知っていた。

「どうした、おまえも具合が悪いのか……いや、違うか……」

そう言うと七瀬をじっと見つめた。

小さなモーター音が聞こえている。

気づかないわけはない。

七瀬のうめき声が消えた。

バイブのスイッチを切ったに違いない。

「結城、なにか隠してるな」

そう言いながら、七瀬の布団の端に手をかけた。

まずい。このままでは七瀬の体につけられたバイブがばれてしまう。

七瀬がこの教師にやられてしまう……

そんなのイヤ……

そんなこと……

私のために七瀬は犠牲になった。

今度は、私が七瀬のために……

「先生っ！」

「どっ、どうした？　そんなに大きな声を出したら、驚くじゃないか」

私はその場で立ち上がった。

先生も私につられるようにして、七瀬の寝ているベッドから離れて立った。

「うんっ？　どうした、結城。なにか隠しているのか、やっぱり」

私は無言で自分の制服に手をかけた。

「なっ、なにを……」

私はスカートのジッパーを降ろすと、止めてあったホックを外した。

「や、やめなさい。結城」

その言葉と、私のスカートが床に落ちるのはほとんど同時だった。

「……」

私はためらわず制服の上も脱いだ。

下着を着けずにロープと、バイブレーターをつけられた私の姿が、変態教師の前にさらされた。

「なっ……ど……」

あまりのことに、言葉を発せないでいる。

ただ目だけは、じっと私の体を見つめている。

「どういう……」

「先生、私とセックスしましょう」

「なにを……」

「そのかわり、七瀬には手を出さないで」

「……ふっ、そういうことか……」

やっと納得したようにいやらしい笑顔を浮かべると、そいつは私の肩に手を置いた。

「ああ、いいだろう……ただし、卒業するまでの間、おまえにはずっと俺の言うことを聞いてもらう」

「……わかりました、先生」

その教師は私の肩を掴《つか》んで、ベッドの方に押しやった。

私はされるがまま、ベッドの方へと移動した。

保健室には二つベッドがある。

その一つに七瀬が寝ている。

そして、その隣に白いカーテンで仕切られたベッドがもう一つある。

私はそこに寝かされた。

「それにしても、結城がこんなにいやらしい子だとは知らなかったな」

私は顔を背けた。

「こんなことしているくせに、恥ずかしがりやがって……おまえが、平松をかばったということは、あいつもこんなことをしているのか？」

「先生、七瀬は関係ありません……」

「心配するな、結城。おまえが俺の言うことを聞けば、手は出さない。だから、答えろ」

本当だろうか？

私は一瞬疑問を感じた。

でも、私には信じるしかなかった。

「はい、七瀬も同じです」

「どういうわけかしらんが、こんなことするより、男とやってる方が気持ちいいだろうが……それとも男とはもうやり飽きて、こんなことを始めたのか」

「違います」

「じゃあ、どうした？」

そう言いながら、私の乳首をローター越しにいじっている。

「うっ……」

「ふふ、答えないなら別にいい。俺はおまえと出来るだけでも十分だ」

彼はそう言うと、自分の服を脱いだ。

中年太りした体が、私の目に醜く映る。

吐き気がする。

こんなことなら、まだクラスメート達のおもちゃになっている方がいい。

でも、これも多分彼らの遊びなのだ。これも彼らのおもちゃになっていることにかわりはない。男子生徒たちはきっと見ている。

あのバイブの動きはそうだった。

「ふふ、このスイッチはどこだ？」

「……」

「持ってないのか？　まあいい、どうせセックスするには、邪魔だからな」

そう言うと、乳首に張り付けられていたローターがいきなりはがされた。

「ひあっ……」

「すまん、すまん、ちょっと乱暴にしすぎたかな」

そう言いながらも目は笑っていない。

「ほう、立派なオッパイだ」

縄で絞り上げられた私の胸を鷲掴《わしづか》みにする。

「あんっ……」

「乳首をこんなにして、ずいぶんと感じていたんじゃないのか」

指で乳首を弾《はじ》かれる。

振動が頭の中まで伝わってくる。

「かはぁっ……ぁっ……せんせい、お願い……もう挿れ

て……」

私は心からそう思っていたわけじゃない。

そうしてもらうことで、私は羞恥心《しゅうちしん》から逃げようと思っていた。

そうしないと、いつまでもネチネチといじめられてしまうから。

「ふふ、いいだろう。でも、その前にこの邪魔なバイブを抜くか」

私の股間に手をやると、バイブを握りしめて、小さく振動させる。

「ひイッ……あっ……イヤっ……そんな……」

……ああ、このままじゃ、いっちゃう……変態教師にバイブでイカされちゃう……

……イヤぁ……

「せんせい……早く……いれて……」

私はなんとかそう言うと、腰を小さく振って見せた。

「ふふ、いいぞ、結城。おまえがこんなに淫乱《いんらん》だと知ったら、クラスメート達はどんな顔をするだろうな」

こいつは知らない。

私はクラスメートのみんなに犯されている。

もうみんな私がこんなになっていることを知っている。

「先生……」

「わかった、わかった……今挿れてやるよ」

私の膣からバイブを無造作に引き抜くと、ベッドの上に放り出す。

バイブが私の液で、ぬらぬらとした光沢を放っている。

「こんなに濡《ぬ》れていれば、十分だな」

そう言うと、私の足の間に体を割り込ませてきた。

黒々とした凶暴そうなペニスが見えた。

男子達のモノとはどこか違う。

ペニスの先端が私の割れ目に当てられる。

「はやくぅ……」

私は腰を動かして、先生のペニスを受け挿れ易くする。

「ふふ、もう我慢できないって感じだな。今挿れてやるからな」

そう言いながら、ペニスの先端を私の中に挿入して来た。

「あっ……あぁぁ……あっぁぁぁ……」

気持ちいい。

本当に気持ちいい。

これは嘘じゃない。

クラスメート達のペニスとは全く違う感じを私に与えている。

挿れられただけでイキそう。

……これで動かされたら……私……

「くぅっ、きついな」

そう言いながら、ペニスを奥まで挿入した。

……もうだめ……

「あっ……せんせい……いくぅっ……」

「まだ、挿れたばかりだぞ、我慢しろ」

「でも……」

「ダメだ。じゃないと、平松も犯すぞ」

「なっ……話が……」

「だったら言うことを聞くんだ」

「……はいっ……でも、先生、本当にすぐいきそう……あんまり激しくしないで……」

「ふふ、さあそれはどうかな」

私の中に挿っていたペニスが、ゆっくりと引かれていく。

……気持ちいい……

膣の中全体がまんべんなく刺激されている。

私にとって気持ちいいところすべてが、刺激を受ける。

膣がひくひくと勝手にペニスを締め付ける。

私はなるべく感じないようにしながら、相手の動きを見ていた。

ペニスのほとんどが抜けるくらいに、腰を退くとそこで止まった。

膣の入り口付近が微妙に刺激されている。

普段あまり刺激されることのない、膣の入り口が小さな刺激に反応を返す。

「どうした、結城……気持ちいいのか？」

「は、はいっ……きもちいいです……」

「そうかぁ」

そう言うと同時に、彼はペニスを一気に奥まで突っ込んだ。

「ひっ……あっぁぁぁぁぁっ……いやぁ……」

私はあまりの刺激にイキそうになる。

……イっちゃだめだ、イっちゃダメ。

先生の顔を見つめた。

いやらしい笑みを浮かべている。

人を虐げることが喜びというような笑顔だ。

「どうした……イったら、平松もやるぞ。我慢しろ……」

「いやっ……そんな……激しくしないでって……言ったのに……」

「そんなことに従うと思ったのか、ほらっ」

そう言うと、私の膣の中でペニスを激しく動かし始めた。

「いゃ、ぃゃ……ダメ……あっあんっ……イっちゃう……やめてぇ……やめてぇぇ……」

突然、動きが止まった。

「ぇっ……ぁっ……」

「どうした？　やめてやったぞ」

「……先生……意地悪しないでぇ……イカせて、イカせてください……」

「ダメだ」

そう言うと、彼はペニスをゆっくりと動かし始めた。

「あぁっぁぁっ……もう……お願い……先生……なんでもしますから、イカせて……」

「ふふ、なんでもするだと？」

「ええ、なんでもします……だから、お願いです、イカせてください」

「いいだろう、その代わりになにをしてくれるんだ、結城は？」

「なんでも、なんでもします……だからお願い……」

「ふふ、いいだろう……こんな状態じゃあ、満足に話も出来ないようだしな」

先生は私の足を抱えると、激しくペニスを私の膣の中に突き挿れた。

「ひあっ、あっ、あっ、あっ……いやっ……気持ちいい……もうもう……ああっ……」

「もう少しだ、もう少し我慢しろ……」

「私、ダメ……もう我慢できない……」

「よし、イくぞ、中に出すぞ」

「えっ、いやっ……中はダメ……中は……」

「なにを今更言ってるんだ……中で出すぞ……」

「イヤイヤイヤイヤイヤイヤァ……ぁっぁぁぁぁぁぁぁぁぁぁぁぁぁぁぁぁぁぁ……

イクぅぅぅぅぅぅぅぅぅぅぅぅぅぅぅ……」

「くっ、出るぞ……子宮で受け止めろ」

びくっ、びゅるっ、どぷうっ…………

「あっ、あぁぁ……」

私の頭の中が真っ白になる。

膣が締め付けているせいだろうか、ペニスの感触だけが強くなる。

膣に当たる精液の感触が強く残る……

私、変態教師に中で出された……

「ふふ、良かったぞ、結城」

「……あっ」
私はもうろうとした頭で、さっきの言葉を考えていた。
私はなんでもするって言ってしまった。
なんでも……
……
でも、気持ちよかった。
それにどうせ後戻りは出来ない。
なにを今更、悩むことがあるんだろうか……
「先生……」
「うんっ……？」
私の乳首をいじりながら先生が答えたその時、保健室の扉が突然開いた。
まさか、誰《だれ》かが入ってきたのだろうか。
こんなところを見られたくない。
私が変態教師とやっているところを見られたくない。
変態教師のペニスが挿入され、中で出されたところなんて絶対に見られたくない。
よく見ると、先生の動きも止まっている。
それはそうだ、生徒とこんなになっているところを見つかれば、ただでは済まない。

何人かの足音がする。

すべての足音が、部屋を隔てるカーテンの向こうで止まった。

そして、唐突にカーテンが開けられた。

「いっ、いやぁ……」

私は声を上げた。

カーテンを開けたのは、男子生徒達だった。

保健室の扉に鍵《かぎ》がかけられる。

「先生……お楽しみですね……」

「くっ……」

「生徒とそんなことしちゃっていいんですか？」

「うっ……これはだな……」

「なにを言ってもムダですよ。先生」

そう言うと、後ろにいた生徒がなにかの機械のスイッチを押した。

くぐもった音声が聞こえる。

録音していたのだ。

『どういう……』

『先生、私とセックスしましょう』

『なにを……』

『そのかわり、七瀬には手を出さないで』

『……ふっ、そういうことか……』

『ああ、いいだろう……ただし、卒業するまでの間、おまえにはずっと俺の言うことを聞いてもらう』

『……わかりました、先生』

「わかった、もういい……なにが目的だ」

「ずいぶんな言いぐさだな」

彼らの目が一瞬嫌な光り方をした。

「……どうすれば」

「ふふ、わかっているだろうね、先生」

「なにをだ……?」

「俺達の持ち物に手を出したんだから、協力はしてもらうよ」

「持ち物? ……そうか……ふふ、これはすべておまえ達が……」

先生は私の体のロープに手をかけると、軽く引っ張った。

「あっ……」

……だめ……私、イったばかりだから、すぐイっちゃう……

「そういうことだよ、先生」

「どうすればいい？」

「簡単なこと。きっと先生も気に入ると思う」

「どんなことだ」

「俺達の仲間になればいいんだ」

「そんなことで、いいんだな」

「ああ、先生は俺達が飼っている女とやれる。その代わり俺達は、学校という場所を提供してもらう。ギブアンドテイクってわけだ」

「ふふ、いいだろう。おまえ達が使いたいときに、使いたい教室を押さえてやるよ。そのかわり、俺はこいつとやりたい放題というわけだ」

「ええ、そういうことです。まあ女に関しては、そいつだけじゃないですけど」

「平松もそうか？」

彼はなにも言わずに頷いた。

「ほう……それは楽しみだな」

「じゃあ、お楽しみの最中お邪魔しました。ゆっくりとお楽しみください」

そう言うと、カーテンを閉めた。

「ふふ、じゃあ、楽しませてもらおうかな、結城」

私は小さく頷くしかなかった。

腰を使い始めた先生に体をあずけながら、私はぼぅっとカーテンの外の音を聞いていた。

「ふふ、こいつまだ寝てるぜ」

「俺、もうたまんねぇよ、あんなの見せられちゃ」

あんなのとは多分私のことだ。

「いいや、やっちまおうぜ」

「よっしゃあ」

そして、服を脱ぐ音が聞こえて、隣のベッドがきしんだ。

ああ、七瀬もやられる。

私の犠牲はムダだったの。

やっぱり私……

突然、涙が出てきた……

止めようと思っても止まらない。

どうしたんだろう、私。

私は変態教師に犯されながら泣いた。

5　【七瀬・私立明美学院　保健室】

……うんっ……
……？
なんだろう……
……ううんっ……
……なんだろう？
七瀬は体中に違和感を感じていた。
なにかよくわからない違和感。
苦痛と快感の両方が入り交じった独特の感覚。
なんだろう？
体中から感じるこの感覚……
頭の中がぼんやりとしていて、まとまらない……
どうして……
「あんっ……あっ……うんっ……あっぁぁぁ……」
誰かの喘《あえ》ぎ声。
ベッドがきしむ音。
そして、日常の音。

なにが起こっているのだろうか？

「……おいっ……起きた……」

私、寝ているの？

「……寝てても最高だなこいつのあそこは」

……

……！

まさか……

私の意識が、まるでブラウン管に映像を結ぶように鮮明になった。

「ひっ……いやぁっ！」

私は目を開けると同時に叫んでいた。

何本もの手が、私の体に愛撫《あいぶ》していたのだ。

「なにを今更、いやがってるんだよ」

「あまり声を立てさせるな。外の奴《やつ》らに聞かれたら、いろいろと面倒《めんどう》だ」

外、という言葉に疑問を持った。

ここがどこかわからなかったからだ。

七瀬は辺りを見回した。

どうやら保健室のようなのはわかった。

でも、こんなところで、どうして私はやられているのだろうか。

そう言えば……朝、あんなことをされて……そして、失神してしまった私はきっとここに連れてこられた。

そして、やられてしまったのだろう。

でも、保健の先生がなぜいないのだろう。

「ふふ、保健の先生なら隣にいるぜ」

読まれている。

私は彼の示した方を見た。

「……？」

白いカーテンがかかり、その奥で人が動いているのがわかる。

……先生？

「あっ、あぁん……うんっ、ダメ……」

誰だろう。

声に聞き覚えがある気がした。

「いやっ……そんなこと……しないで……」

……まどか。

「まどか……」

私がそう言うと同時に、カーテンの向こうの人影が動きを止める。

そして喘ぎ声もぴたっと止まった。

「ふふっ、お友達のお目覚めだな」

「い……いやっ……そんなことしないで……やめてぇ……」

まどかの声が聞こえてくる。

もう一人の声は誰だろう？

どこかで聞いたことがある。

「……ふふ、なに言ってる。心配じゃないのか？」

「……でも、いやっ」

その声に合わせたように、カーテンが突然、開かれた。

「いやぁ……見ないで……見ないで、七瀬……」

「まどかぁ……！」

カーテンの向こうに見えたのはまどかだった。

まどかは四つん這《ば》いの恰好で、男に貫かれていた。

「あっぁぁ……」

まどかが顔を背ける。

まどかに挿入していた男は、変態セクハラ教師だった。

彼のペニスが出入りするたびにまどかは気持ちよさそうな声を上げている。

そして七瀬に見られるのをいやがりながら、その気持ちよさから逃げられないようだった。

「ほら、平松さんはこっち」

七瀬は強引に顔を向けさせられると、その口にバイブが突っ込まれる。

「んんぅっ……」

これってもしかして……

「どうだ、自分のあそこの味は？」

「うんっ……ぃやっ……」

さっきまで七瀬の膣に挿入されていたバイブが、引き抜かれ突っ込まれていた。

それは全体的にヌメッとした液体に包まれ、いやらしく光っている。

「ふふ、それをとったら寂しいだろうから、代わりにこれを挿れてやるよ」

そう言うと、七瀬の膣にペニスが挿入された。

「あっ、あっぁぁぁぁぁぁ……」

……いやなのに……感じている……隣にまどかがいるのに……

「どうした、あそこの中がひくひくしているぞ。もうイッたのか？」

「うぐっ……うむっ……ぁぅっ……」

七瀬は疲れに比例して、気持ちよさが増していくのを感じていた。

そして、気持ちいいという感覚が大きくなればなるほど、頭の中の理性はどんどんと減っていった。

いつの間にか、自然と腰が動いていた。

「やれば出来るじゃないか」

私の中に挿入した男子がそう言った。

「いやあっ……」

七瀬の口から、バイブが抜かれた。

すぐにバイブの代わりにペニスが挿入された。

七瀬の体中にペニスが触れていた。

もうどうなってもいい。七瀬はそう思っていた。

男達が七瀬の体に精液を放ち、その度に七瀬は絶頂を迎えた。

数え切れないほどイったせいで頭の中がもうろうとしている。

もうなにも考えられない。

考えたくない……

いつまで続くんだろうか、こんなこと……

ふと隣のベッドに目をやった。

いつの間にか、精液まみれになったまどかは一人で放置されていた。

目がうつろだった。

どこを見ているのだろう。

「ま……どか……」

そう呟《つぶや》いても、反応はない。

おかしくなったのだろうか。

七瀬のまわりにいた男子生徒達が離れた。

……そう言えば、あの教師はどこへ行ったのだろうか？

七瀬は嫌な気配を感じた。

体の上に落ちた影が、その嫌な感覚の原因だった。

「ひっ……イヤ……」

「イヤはないだろうが、どいつもこいつもバカにしやがって……」

「……来ないで……いや……」

七瀬の腰が掴まれた。

七瀬は抵抗しようとして、体に力が入らないことに気づいた。

……ああ、やられる。

やられてしまう。

七瀬の腰は持ち上げられ、体ごと一回転させられると、うつぶせにさせられてお尻を突き出すような恰好にさせられた。

「平松、おまえも結城みたいによがり狂わせてやるからな」

「……いゃぁっ……」

七瀬の中に変態教師のペニスが挿《はい》って行く。

ゆっくりと七瀬の膣をじっくり味わうように。

「ふふ、あれだけやられているというのに、いい締まり具合だ」

「いやぁっ……うんっ……」

「口ではいやがりながら、これはなんだ？」

彼の手が私の腿《もも》に触れた。

ぬるっとした感触で私の腿が刺激される。

「ああっ……わたし……」

「ふふ、ずいぶんと濡れてるみたいだけどな。こんなに垂《た》らして……」

「違……います……ああっ……」

「違うものか、おまえのあそこは俺のペニスを勝手に締め付けているぞ。おい、でもあん

まり締め付けるなよ。すぐに出ちまうからな」

「いやぁ、やめて、くださ……中はイヤ……」

「そんなバカなことあるか。差別はいかんぞ、差別は。あそこの連中には出させておいて、俺はダメか」

「お願いです……先生……他のことならなんでもしますから……」

「結城と同じことを言うな。さすがは親友だ」

「……あっ……」

「どうした結城のことでも考えて、勝手に盛り上がっちまったか」

「ちがいまっ……あぁん……」

手が七瀬のお尻を包み込むように置かれた。

七瀬は期待から膣でペニスを締め付けた。

無意識のうちに、ペニスを奥へと導くように、膣全体が細かな収縮をしている。

「ふふ、なかなかいい性器だな。とても若い奴の性器とは思えないいやらしい動きだ」

「ふあっ……ううんっ……そんなこと言わないで……ください」

「ふふ、さらに締め付けたぞ。それ以上締めると、出ちまうって言ってるだろう」

「やめてください……お願い……先生……」

「じゃあ、力を抜いて自然体になるんだ」

「無理です……そんなの……先生……抜いて……」

「バカなことを言うな。おまえだって、ペニスに襞《ひだ》を絡めて、悦《よろこ》んでいやがるくせに」

「……ひど……いッ……あっ……」

「そろそろ、こうやって焦《じ》らすのも限界のようだ」

「……やめて……」

七瀬がそう言うのと同時に、彼がペニスを大きく動かし始めた。

前後に腰を揺すりながら、深く激しく七瀬の膣をえぐる。

じゅぶっ、じゅぶっ、じゅぼっ……

「いやらしい音だ」

「いやぁっぁぁぁぁ……もう、あっんっ……もうダメ……やめて……」

「ふふ、うそをつくな。おまえの膣はいやがってないようだぞ。ひくひくと俺を締め付けてきやがる」

「ああっん……だめぇ……ぅぅぅんっ……ひどい……ううっ……」

「だからそんなに締め付けるな……」

きつそうな声を上げると、動きを一層激しくした。

すぐに精液を放ってしまう気のようだ。

「俺も限界だ……」

「中は……先生、中で出さないで……お願い……します」

「だめだ……じゃあ、結城の中に出すぞ」

「……そんなっ……あんっ……ぁっ……いやぁ……いやぁ……」

七瀬はまどかを見た。

いつの間にか、男子達が群がっている。

その中心でまどかは、積極的に腰を使っていた。

特にいやがるどころか、進んで男達に奉仕しているように見えた。

まどか……

「ふふ、友達の中で出されるのがイヤなら、だまって俺の精子を膣で受け取りな」

「……はいっ……ぁっ……」

七瀬は知らないうちに腰を前後に自分で動かし始めていた。

どうして……?

どうして?

おかしくなってしまったの?

おかしくなって……

「そろそろ出すぞぉ」

「ああっ……イヤぁっ……あっぁっぁっぁっぁっダメダメダメダメダメ……」

七瀬は、首を大きく振っていた。

自分でもなにをしているか理解はしていないだろう。

腰の動きがさらにはげしくなる。

じゅぶっ、じゅぶっ、じゅじゅぶっ……

部屋の中にいやらしい音が充満する。

「だすぞぉ、受け取れ、平松！」

七瀬の中にペニスがよりいっそう深く突き刺さった。

「くぅあっ……イヤっ……いくっ……だめ……」

「出る……くうっ……」

どびゅるっ……どぶっ、どくっ……

「あっあああああ……いやぁぁぁぁぁぁぁぁぁぁぁぁぁぁぁぁぁぁぁぁぁぁぁぁぁぁあぁ……」

七瀬が上半身を仰《の》け反らせる。

全身に力が入り、体を硬直させている。

「はぁ、それにしても凄《すご》い締め付けだな……痛いくらいだ」

先生は射精後の感触を楽しむように、膣の中でペニスを動かしている。

「あっ、ああっ……」

「くうっ……本当に凄い締め付けだ。さすがに若いってことかな」
七瀬の頭の中にそんな言葉は届いていない。
ただ、なにもない真っ白な世界が広がっている。
私はもうダメなのかもしれない。
こんな変態教師にまでイカされて、そして中で出されてしまった。
それだけではない。最近の私はこんなことに明らかに快感を覚えている。
……こんな酷《ひど》いことをされているのに……快感をおぼえるなんて……
もうダメかもしれない……
まどか……あなたはどうなの……？
まどか？
七瀬はまどかを探していた。
男達の群がっているまどか。
そして、自分から腰を振っているまどか。
もう、ダメ。
もう……
どうして、こんなことになったのだろう……

６　【贖罪新聞】

変態教師、イジメに参加。

結城まどかと平松七瀬の贖罪行為に、本学院の男性教師が加わった。実名は伏せさせてもらうが、変態セクハラ教師として名前が通っている男と言えばその名は言わずとも分かるであろう。

今回はその男性教師を交えた贖罪行為について報告する。


今回の贖罪行為は保健室で行われた。

当初、結城まどかと平松七瀬の贖罪行為は教室で行われる予定であった。

体を縄で縛り、バイブレーターを挿入したまま授業を受けさせるというのが、本来予定されていた内容である。

平松七瀬はこの姿がよほど気に入ったのであろう、教室に向かう途中で絶頂を迎え失神してしまった。平松七瀬は己の快楽のために贖罪行為を中断させたのだ。これは由々しき問題である。

だが結果として贖罪行為は継続した。


結城まどかは倒れた平松七瀬を保健室に運んだ。そこにはいつもの保健の先生ではなく、男性教師がいた。

彼こそが今回、贖罪行為に加わってくれた教師である。

その教師の前で結城まどかは突然服を脱ぎはじめ、縄で縛られ性器にバイブレーターを挿入された自分の裸体をさらした。

そしてなんと生徒という立場でありながら男性教師を誘惑したのだ。

これは彼女なりの贖罪行為のつもりなのだろうか？

しかし男性教師に犯されながら、今までにないほどよがり狂う結城まどかの姿を見る限り、その可能性は無いと思われる。

やはり本物の変態なのだ。

結城まどかにとってバイブレーターなどは所詮《しょせん》玩具でしかなかったのだ。大好きなペニスが欲しくて仕方なかったに違いない。

さらに教師に犯される己の立場にも感じていたのだから始末に負えない変態である。

さて、生徒と教師という禁忌を犯した結城まどかだが、それは相手にとっても同じことである。

たとえ相手が変態だからといって、それが罪にならないということはない。

我々の同志が男性教師に対しそのことを指摘すると、男性教師はすぐに己の罪を認め、結城まどかの贖罪に協力することで罪を贖《あがな》うことを誓ってくれた。

この辺はさすがに聖職者である。

結城まどかもこれを見習い、自分の罪を認め贖うことを学び取って欲しいものだ。

罪を認めた男性教師は、己の贖罪のためにさっそく平松七瀬を親友結城まどかの目の前で犯した。

しかし、残念なことに平松七瀬も結城まどか同様に、ただひたすらよがり狂い腰を振るだけだった。


二人は、教師自らが贖罪行為を行うという絶好の手本を見ることができたわけだが、そこから学び取ろうという姿勢はいっさいなく、ただ己の快楽を貪るだけであった。

一体何のために学院に来ているのだろうか？　もはや彼女たちが学生であることすら疑問に思えてしまう。


クラスメート、後輩、親友と続き、ついに教師までも巻き込むことになった結城まどかの贖罪行為。

彼女の生み出す罪の連鎖を止めることはもはや不可能なのだろうか？

結城まどかの変態ぶりは、学院全体を巻き込むほどの勢いだ。

しかしながら、我々贖罪新聞編集部は罪の浄化のため、けして活動を諦《あきら》めない。

皆には結城まどかの贖罪に、より一層の協力をお願いする。

なおこの新聞は読後焼却のこと。

もしもクラスの関係者以外にこのことを漏らした場合、その人物は贖罪されるであろう。

注意されたい。


（贖罪新聞編集部）

第5章　現実

1　【まどか・自室】

私と七瀬の間にあったなにかを忘れている。

いったいなんだったのだろう？

思い出すようなことなんだろうか、それとも思い出す必要のないことなんだろうか？

もしかしたら、そんななにか大切なことがあったと思いこんでいるだけのことなんだろうか？

私と七瀬の間には大切なことがたくさんありすぎる。

だから、私たちは大切ななにかに安心して、こんな関係を作っている。

今のような関係を……

やっぱり私のなかで引っかかっているということは、思い出した方がいいことなんだと思う。

もう少しだけ考えてみよう。

せめてヒントになる物があれば、それで解決しそうな気がする。

なにか、私になにかを思い出させるようなもの……

せめて思い出すきっかけになる物があれば……

ふと、私の頭の中に一つの物が浮かんだ。

「……卒業アルバム」

私は呟《つぶや》くと同時に立ち上がった。

……七瀬と私が通った私立明美学院の卒業アルバムがあったはず。

私が思い出そうとしていることに答えを与えてくれないかもしれない。でも、どんなに細い手がかりでもきっかけさえ与えてくれれば、すべてが一気に解きほぐされていくような気がしている。

すぐにアルバムが置いてあるはずの場所を探した。

本棚の隅から隅まで探してみたけど見つからなかった。

「……どこだろう？」

部屋中を探してそれでも見つからなかったので、押入の中を探すことにした。すると、奥に小さな段ボールが見えた。

「なに？」

押入の中の物にはすべて見覚えがある。でも、その箱だけは私の記憶になかった。

なぜだかわからないけど、すごく気になる。

私の知らない物だからだろうか？

それともなんとなくそれが、私に大事なヒントを与えてくれるような気がしたからだろうか？

とにかく、今、私が探しているアルバムより大切なものなんだと感じていた。

その勘を信じ、私は手を伸ばしその箱を取り出すと、椅子《いす》に戻りゆっくりとその箱を開いた。
中に二冊の古びたノートが入っていた。
「これって……」
一冊のノートを手に取りページを開くと、ふわっと懐かしい香りを感じた。

『まどかの小説』

第一話
嫌な予感はしていた。
目覚めが悪いと、いつもこうなる。
まず、いつも乗る電車に間に合わなかった。
一本遅らせると、学校まで相当のダッシュを決めないとならなくなる………

第四話
改札口で彼の姿を見つけたとき、待ち伏せ一時間の苦痛は吹き飛んだ。
「あれぇ？　どうしたの、こんなところで」
「あっ、久しぶり」

私は驚いたフリをしながら、慌てて買い物に来ていたとつけ加えた。

「ひょっとして、待っててくれたのかと思ったよ………」

第七話
ボリュームを絞った有線放送が、ちゃんと聞き取れるほど、静かな店だった。

私たち学生の姿が濃く浮かび上がるほど、落ち着いた色調で雰囲気はまとめられている。

「私、友達に色々聞かれちゃった」

ストローをくわえたまま、彼は「何を？」と聞き返した………


いま、私の顔は真っ赤になっているだろう。

顔中を血液が巡っているのが自分でもわかった。

恥ずかしくてしかたなかった。

七年も前の自分が書いた小説を見てしまったのだ。

内容は青臭い恋愛小説。

不意にそんな物に出会えば、冷静でいられるわけがない。

同時に、それは私をすごく懐かしい気持ちにさせてくれた。

この小説があるから今の私がいる。

だけど今の私が求めている物は、このノートではなかった。

たしかに卒業アルバムよりは大切な物に違いない。

でも、それが私の中にある小さな違和感の理由を呼び覚ます物でも、説明してくれる物でもなかった。

けれど、ノートはもう一冊ある。

こっちのノートにはもっと大切なことが書いてある。そう私は確信していた。

開いていた小説の綴《つづ》られたノートを静かに閉じると、もう一冊のノートを手に取りゆっくりとページを開いた。

『交換日記』
6月9日
七瀬へ。
ちょっと悩みがあります。
できれば七瀬に聞いて欲しいな。
最近ね、気になる人がいるの。
その人は、明るくて、かっこよくて、一緒にいるとすごく楽しい人………

６月15日
まどかへ。
正直、ちょっと驚いてます。
まどかなら好きな人に、好きだってはっきり言えそうだから。
そうすることができないから、私に相談したんだよね。
悩んでるまどかには悪いかもしれないけど、すごく嬉《うれ》しいです…………

６月22日
七瀬へ。
返事、ありがとう。
七瀬のおかげで、なんだか気持ちが楽になった気がする。
七瀬に勇気を分けてもらった気分。
今なら、自信をもって恥ずかしがらずに堂々と告白できそう…………

６月30日
まどかへ。
まどかの気になる人が、なんとなくわかった気がする。

でも、まだ確信が持てないので言わないでおくね。

私の想像と違っていたら恥ずかしいし、なにより無理矢理聞き出すみたいにはしたくないから。

だから、まどかの決心がついて、私に教えてもいいと思ったときに教えてね……


七瀬との交換日記を読みながら、まどかは学生時代の色々なことを思い出していた。

もう一冊のノートに書かれていた恋愛小説。

あれがすべての始まりだった。

初めて七瀬の家に遊びに行ったとき、彼女の双子の兄、平松正巳に出会った。

一目惚《ぼ》れというほどではなかったが、七瀬のお兄さんだけあって格好《かっこう》いい人だなというのが第一印象だった。

それから何度かいろんな理由を作っては七瀬の家に遊びに行った。

七瀬には内緒だったけど、正巳の姿を見ることが本当の目的だった。

自分が正巳に恋をしていると気づいたとき、私は小説を書き始めていた。

もともと小説を書くのは好きだったし、想像を形にすることで恋が進んでいくような錯覚も感じられた。だから、私はこっそりと小説を書き始めた。

それがさっきのノートに書かれていた小説だった。

第5章　現実

初めのうちは正巳とのことを空想した。

それはいろんなことを、ただごまかしているに過ぎなかった。

正巳は七瀬にとって、私と同じくらい大切な存在だった。

私が正巳に近づくことは、同時に七瀬との友情を裏切ることになる。

だから小説の中の私と正巳を付き合わせることで、自分の気持ちを紛らわしていたのだ。

そして、七瀬との交換日記がはじまった。

交換日記をしながら、七瀬に小説も見せた。

正巳のことも、悟られないように聞いたつもりだった。

でも、私が思っていたより七瀬の勘は鋭かった。いや、私だけが気づかないつもりでいただけで、まわりから見ればあからさまにおかしかったかもしれない。

七瀬が気づき始めた頃、私は正巳に告白された。

いや、私が告白したのだったろうか。

正直なところ、どっちからというのは思い出せない。それくらい私たちの告白は自然でスムーズな出来事だった。

私の書いた小説のノートが、たまたま正巳の手に渡っていたらしい。

小説に正巳の名前は出していなかった。

私と正巳の間で本当にあったことを、小説のモチーフにしていただけだった。

それを見て正巳は私の気持ちを知った。

そして、どちらからともなく告白したのだ。

自分達のことは七瀬にはしばらく内緒にしておこうと、その時二人で決めた。

それが七瀬のためだと思った。

いま思えばそれは私たちの身勝手でしかない。

だから、私たちの関係に気づいた七瀬は……

2　【まどか・七瀬の部屋】

「好きなところに座って。まどか」

「うん」

私はベッドにもたれかかるようにして座った。

女の子が好きそうな、そんなグッズはひとつもない。女の子らしくない空間は相変わらずだった。

「冷たいものでも飲む？　なにか、持ってくるよ」

「いいよ、いいよ。気を遣わないで」

七瀬はニコッと笑って、私の隣にぴったりとくっついて座った。

「まどか」

意味もなく私を呼んで、まるで眠るように私の肩に頭をのせた。

「こーら。すぐに甘えるんだから、七瀬は」

もちろん私は自分を頼ってくれてる七瀬を、妹のように可愛《かわい》く思っている。

「だって、まどかが家に来てくれるの、久しぶりなんだもん」

普段はまったくこんな雰囲気は見せないのに、二人っきりになるといつもこうだった。

私はこういう七瀬が一番好きだった。

本当の自分の使い分けを知っている七瀬が羨《うらや》ましかった。

「ふふふ、ごめんね。寂しかった？」

「……うん」

七瀬は私の胸に顔を埋めてきた。

「あっ！　もう、エッチなんだから、七瀬は」

「えーっ、ちがうよ……でも、まどかの胸、柔らかい」

七瀬は私のことをどう思っているのだろう？

友達だろうか、それとも姉妹、もしかして恋人なんてことはないとは思うけど。

そんな考えをうち消すように私は言葉を続けた。

「こんなところ、誰《だれ》かに見られたら、勘違いされちゃうね」

「私はかまわないよ」

「ふふふ、そうなんだ……じゃあ、変なコトしちゃおっかなぁ？」

私はおどけて見せてから、七瀬を強く胸に抱き寄せた。制服のスカートからきれいな太股《ふともも》が覗《のぞ》いていた。

「……うん。まどかだったら、いいよ」

七瀬は私に体をあずけながら、そう呟いた。

「そんなこと、誰にも言っちゃ駄目だよ。勘違いされちゃうんだから」

私は七瀬の乱れたスカートを直しながら言った。

「……ご、ごめんね、まどか。私、なに言ってるんだろう」

七瀬は起きあがろうとした。でも、私はそれを許してあげなかった。七瀬に、存分に甘えさせてあげたいと思った。

「七瀬、早く好きな人、見つけなくちゃね」

「うん……だよね」

七瀬は私がなにを遠回しに伝えたいのか、気づいているようだった。

普段は大人《おとな》しくしているけど、私よりずっと勘の鋭い子だった。

「私、七瀬のお姉ちゃんになっちゃおうかな……？」

七瀬が私の胸で小さく体を震わせた。七瀬の私を抱きしめる手にさっきよりも力がこもったような気がする。

「……」

返答はなにもなかった。

七瀬のことはなんでも知っているつもりだった。

どんな些細《ささい》なことも、人には言えないことだって、たくさん知っている。

私も七瀬にいっさいの隠し事はしなかった。

お互いになんでも言えるし、なんでも聞いてあげられる。これから先、これ以上の親友は現れないだろう。

「七瀬？」

七瀬が震えている。

「……まどか……まどかあっ！」

「ど、どうしたの、七瀬？」

「……っ！　く……ッ」

七瀬が泣いていた。

私はどうしていいかわからずに、ただ七瀬を抱きしめ頭を撫《な》で続けた。

でも、なにが起きているのかはわかった。

今まで、ためていた感情がきっと許容量を超えてしまったのだろう。

七瀬はなんでも自分の中にしまい込もうとする。

私と知り合う前の七瀬がそうだった。

そして、私と知り合ってからの七瀬はなんでも私に話してくれるようになった。

でも、今回のことだけは別だった。

私が当事者になってしまったせいで、なにも話すことが出来なくなってしまったのだ。

そこまで考えたときだった。

七瀬が顔を上げて私を見た。

そして、言った。

「まどか……キス、しよう」

「えっ⁉ な、なに？」

突然、顔を上げた七瀬は私に笑顔を向けた。

それは女の私が惹《ひ》かれてしまいそうな、綺麗《きれい》で、かわいくて、そして艶《つや》っぽい表情だった。

「まどか……どこにも行かないで……」

「えっ？ あ、んッぅ！」

私がその言葉を理解するより早く、七瀬は唇を重ねてきた。

いつもの七瀬の性格とは全く正反対の攻撃的なキスだった。

『ん……んぅ』

七瀬の舌が私の口内を慈しむように撫でていく。

男のただ乱暴なだけのキスとは違う愛情に溢《あふ》れた深いキスだった。

拒むことも受け入れることもできない私はしばらく黙って七瀬を受け止めていた。

頭がぼうっとしている自分が少しだけ怖かった。

「……ん、ぷはっ……はぁ……はぁ……」

「ん……ふふふ、まどかと、キスしちゃった」

「……」

七瀬は潤んだ瞳に私を映して微笑《ほほえ》んだ。引き込まれていきそうな表情。

「私ね、ずっとまどかとキスしたかったの」

「……なんで、私、女の子だよ。変だよ、こういうのは」

七瀬の瞳に哀れむような表情をした私がいる。

その私は川に拡《ひろ》がる波紋のように、七瀬の涙と一緒に溶けていった。

「まどか……本当はお兄ちゃんに会いに来たんでしょ？　私に会いに来るのを理由に使うなんて、ずるいよ」

「ごめん……」

私はあやまることしかできなかった。

それよりもなにもかもすべてを自分から言い出せなかったことを恥じ、そして後悔した。

七瀬を本当に傷つけてしまったことを……

平松七瀬は双子の兄である平松正巳を心から信頼していた。

それはやがて過剰な愛情となっていた。もちろん正巳はそのことを知らない。

そのことを聞かされたとき、私はとても不幸な事だと思った。

でも七瀬はそれでいいと言った。そして、こうつけ加えた。

「まどかがいるから」

全身が震えるほど、嬉しかった。

七瀬にとって私は双子の絆《きずな》をも越える存在になっていたのだ。

でも、私は友情と恋愛は別物だと思っていた。

友情は友情、恋愛は恋愛なのだと。

それは今でも、もちろんこれからも、そうに違いない。

「まどか、教えて」

「……うん？」

「私はどうすればいい？　お兄ちゃんにまどかを取られて、まどかにお兄ちゃんを取られたの。ひとりぼっちの私はどうすればいいの？」

七瀬は一気に喋《しゃべ》った。言い切って疲れたように私の胸に顔を埋めた。

私はなんと答えればいいのだろう？

私が正巳と付き合う事は罪なのだろうか……？

「七瀬……私も正巳も、七瀬のことが好き。だから私たちは七瀬とずっと一緒にいるよ」

「いやっ！　まどかのうそつきっ！　私がお兄ちゃんを好きなのと同じくらい、まどかを好きなことを知っていたくせに。それなのに……」

「……なせ」

「どうしてお兄ちゃんとなの？　お兄ちゃんもどうしてまどかなの？　二人とも、私の事が嫌いなの？」

「違うよ、七瀬。それは違う……私はずっと七瀬と一緒にいるよ。正巳だって……」

「いやッ！　まどかは私だけのまどかだもん！」

七瀬はもう一度、私の唇を塞《ふさ》いだ。

それ以上は言わないで欲しいと、七瀬が言ったような気がした。

もう七瀬とのキスに違和感は感じなかった。それどころか繊細で柔らかな七瀬の唇に、私は酔い始めていた。

「んぁ……んぅ、ぅ」

七瀬はこうすることでなにを満たすのだろう？　ただ自分の感情のままに行動しているのだろうか、それとも他《ほか》になにかがあるというのだろうか。

「ふふ……まどか、大好き」

七瀬は唇を離すと、遠くを見つめながら微笑んだ。

七瀬の普通ではないその表情に、私は少しだけ慄然《りつぜん》とした。

「ねぇ、まどか？　私、おっぱい触りたいな」

七瀬がうつむいて、上目遣いに言った。

子供が物をねだるような純真な瞳で。

「な、なに言ってるの。変なこと言わないで」

「だぁめ？」

「……」

私が言葉に詰まったのを、七瀬は肯定と受け取った。

覆い被《かぶ》さるように私を倒すと、両手で胸を持ち上げた。

「ふふ、まどかのおっぱい、大きくてやわらかい……羨ましいな」

「ちょ、駄目よ、七瀬っ！」

七瀬は止めない。それどころか、徐々に私の制服を持ち上げていく。

すぐにブラジャーがあらわになり、七瀬は素早く私の背中に手を回してホックをはずした。窮屈に押し込められていた私のおっぱいが弾《はじ》けるようにこぼれた。

「わぁ、きれい」

「嫌ッ！」

私は七瀬の流れるような作業にしばらく見入っていたが、やっと事の重大さに気づいて声をあげた。

胸元で腕を交差させて、七瀬の手を拒む。

「……どうして、触らせてくれないの？　私のこと、嫌い？」

「ち、違うよ。そんなのじゃないけど……ね、もう止めよう、七瀬」

「わかった。まどか、恥ずかしいんだ？　じゃあ、私も脱ぐね」

「あ……」

私から離れると、七瀬は一瞬で制服を脱ぎ捨てた。

下着姿になると恥ずかしそうに後ろを向いて、そしてすべてを脱ぎ捨てた。

想像以上に華奢《きゃしゃ》な体に、私はしばらく目を奪われた。

「恥ずかしいな」

七瀬の行為はもはや冗談でもなんでもないのだと、私はやっと気づいた。

いろんなことが遅すぎたのかもしれない。いずれにしろこうなる運命だったのかもしれない。でもそれでいったいなにが解決するというのだろう……

そんな私の思考を遮るように、女の部分を隠して七瀬はゆっくりと私に近づいてきた。

「まどか……いっしょに気持ちよくなろう？」

「……」

「私ね、いつもまどかのことを思いながら、一人でしてたの」

「そんなこと……」

「ふふふっ！　まどかはね、すごく優しいの。でも、いっぱい私に意地悪するんだよ？」

私はどうすることも出来ずにただ立ち上がった。

すると七瀬が抱きついてきて、今度はベッドに倒された。

覆い被さるとすぐに七瀬は愛撫《あいぶ》を始めた。

「あッ！　いやぁ……」

ホックの外れたブラの下に、七瀬の小さな手がやさしく入り込んでくる。

手のひらでそっと撫でたり、両方の乳房を寄せてみたりする七瀬の愛撫を、私はただ彼女の腕を掴《つか》んでじっと耐えているしかなかった。

「まどか、固くなってきたね……ここ」

「ちがう……違うよ、七瀬」

もともと私は感じやすい体質だった。

七瀬は私の感じる部分をすべて知っているかのように愛撫を続けている。

あまりの気持ちよさに、痛み似た感覚を伴い始めた愛撫をこらえるため、私は体を硬直させた。

私、どうして感じているのだろう……

もしかして、こうなることを望んでいたのだろうか？

「気持ちいいんだね……じゃあ、もっともっと気持ちよくしてあげる」

「なにを……あっ⁉　駄目っ」

七瀬は私の制服をずり上げると、あらわになった胸の上に舌を滑らせた。

快感で尖った乳首に舌が触れたと思ったと同時に、口に含まれチロチロと小刻みに舌先が動いて新しい刺激を送ってくる。全身を電流が流れる。

「あむ……ちゅぅ……ちゅ、ちゅぷっ」

私は七瀬の愛撫から逃げようと体を捻ろうとした。

でも私が本気でいやがっていないせいでもあるんだけど、思ったように体は動かなかった。七瀬の華奢な体のどこにそんな力があるのだろうかと感じるほど、私は強くがっちりと抑えられていた。

私、七瀬に犯されてる。

そう思った瞬間、私の全身の感覚が自分でも信じられ

ないくらいに敏感になった。

「だめっ、だめぇ……あ……ン……なせ、駄目なの、そんなの……うくっぅ」

「すごい……まどかの乳首、こんなに大きくなってるよ？」

七瀬はそれを摘み上げて私に見せた。私の乳首は驚くほど大きくなっていた。

自分でしていても、こんなにはならない……

「まどか、見て？　私のも、こんなになってる」

目の前に、七瀬の充血した乳首があった。

七瀬はなにもされていないのに、いや、私を犯すという行為で興奮していた。

「さあ、まどか。脱ごう」

私が快感で放心状態になっていると、七瀬は素早く私の制服の上を脱がせてしまった。

私の上半身は、七瀬の前に完全にさらされていた。

しかし、すでにそこに興味はなかったようだ。

色っぽく微笑んでみせると、七瀬は体を滑らせて私の足の間に割って入った。

「ああ……だめ……だめだよ、七瀬」

抵抗しようと思えばできただろう。しかし、そうはしなかった。

もう、遅いんだ……

私の口から出る言葉は、拒絶という名の願望だった。

「こっちも、脱ごう？　ね、まどか」

私は自ら腰を持ち上げて七瀬に任せた。

スカートはすぐになくなり、下着も脱がされてしまった。

七瀬は湿った私のあそこを見て、嬉しそうに微笑んだ。

まさか、初めて見られるのが七瀬だとは思ってもいなかった。

「七瀬……これで、いいの？」

私のその言葉には、たくさんの意味がこもっていた。

これが今、私が発信できる最大のメッセージのような気がした。

「……」

答えは返ってこなかった。

私はそれで良かった。答えがなかったことで、七瀬の心の中がわかったから、これでいいと思った。だから、私は七瀬にすべてをまかせることにした。

「……ぅあっ、く、ああン」

答えない代わりに、七瀬は私の太股にねっとりとした舌を滑らせると少しずつ私の大事なあそこに近づいてきた。

私は期待と不安が入り交じった複雑な感覚で、七瀬の行為をただ受け入れていた。

だから私の体は小刻みに震え、あそこからはいやらしい液が溢れている。

「きれい、まどかのここ」

七瀬の指があそこに触れた。

「ひぐぅっ！」

あまりに鋭い感覚に全身を跳ね上げて私が悶《もだ》えると、七瀬の小さな笑い声が聞こえた。

「気持ちいい？　ねぇまどか、ここが気持ちいいの？」

淵《ふち》をなぞりながら、七瀬はまた笑った。

どくどくとあそこから粘質の液体が溢れ出していた。

「あああっ……そこ、あんまりしないで、お願……いぃィいぃッ！」

「ちゅぷ……れろ、ちゅぴゅ、ぴゅ……じゅる」

七瀬は、私のあそこに顔を埋めていた。

滴る液体をはしたない音で舐《な》め取られた私は、いままで体験したことのない快感を覚えていた。

「ひぃ、ぅあ！　だめぇ、そんな……そんなの、刺激、強すぎ、るのっ」

「ちゅ、ちゅ……じゅ……」

「ひぃ……いい、いいのっ……七瀬、イッちゃうよ、私、いっくぅぅぅ！」

私の頭の中でなにかが破裂すると真っ白な光が広がり、私は意識を失った。

どれくらいの時間が経《た》ったのだろう？
ひどく眠い。
でも、それが心地良い。
できるなら、このままぼうっとしていたい。
目を開いた。
朝靄《あさもや》のように、真っ白で、なにも見えない。
どうやらここは夢の世界みたい。
だから私は、もう一度目を閉じた。
しばらく、眠っていよう。
いつまでも続くこの快感の満ち引きに、体をあずけよう。
「愛してるよ、まどか」
夢の中で眠りに落ちていく私の耳元で、七瀬の声が聞こえたような気がした。

3　【まどか・自室】

……私は忘れていたことを思い出すことができた。
そう、あのときの七瀬の気持ちがわからなかった。
あの行動の意味もわからなかった。

親友の七瀬と恋人の正巳。

その選択肢を突きつけられたとき、私は正巳を選んだ。

でも、それは恋人として。

愛しているという意味では、七瀬も正巳と変わらないくらい私は愛していた。

でも、兄を奪った人として私は恨まれているのかもしれない。

私はそれが恐《こわ》かった。

あの後も親友として、それまでと同じ付き合いを続けることはできた。

でも、あの時のことだけは恐くて触れられなかった。

もし心の底から、七瀬が私のことを恨んでいたなら……

そう考えると私は七瀬に、あのときのことをなにも聞くことは出来なかった。

だから私の小説の中で七瀬はうまく描かれていなかった。

おそらく私の不安な気持ちが、七瀬のことを描くということに抵抗を覚えていたのだと思う。

途中まで進むことはできても、最後を書けなかった。

自分の学生時代をモデルとした物語なのに、親友のことを描ききることは出来ていなかった。

不意に、手が勝手にページをめくった。

交換日記はその日で終わっている。
白紙のページが開かれる……はずだった。
でも、そのページの先に日記は続いていた。

『七瀬の日記』
7月15日
最近、まどかに元気がないみたい。
いつもボーとしてるし、放課後もすぐにどこかに行っちゃうし……
なにかあったのかな？
悩みがあるなら聞いてあげたい…………

7月20日
あいかわらず、まどかの態度がよそよそしい。
気を遣ってるみたい。
私に気を遣う必要なんてないのに。
まどかのためだったらなんだってできる………

7月27日
今日、まどかが遠い世界に行ってしまった気がした。
まどかは私のものだと思ってたのに。
明るくて、友達が多くて、勉強ができて、運動も得意で……
いつも私の欠点を注意してくれるまどか……

8月1日
二人が遠い場所に行ってしまった。
でも、私はそれでかまわない。
二人が幸せでいてくれるなら、私はそれでいい。
だから私は二人の元を離れようと思う。
私が二人を追ったら、邪魔になるだけだから。
まどかに幸せになって欲しいから。
今までいろいろと書いてきたけど、この日記は今日で終わり。
いつか自分の気持ちに整理がついたとき、この日記をまどかに見せよう。
それまでは誰にも見られないように押入の奥にしまっておこう。

ああ、そうか……

私はすべてを覚《さと》った。

続きのページには七瀬の日記が書いてあった。

私が七瀬に犯された日、交換日記は終わった。

それでも、七瀬は一人で日記を書き続けていた。

綴られていたのは、私との友情だった。

確認したかった気持ちが今わかった。

私は七瀬に愛されている。

そして、私も七瀬を愛している。

七瀬、ありがとう。

私は、感謝の気持ちでいっぱいだった。

今なら小説も書き終えることができる。

そう確信していた。

七瀬に黙って日記を読んだのは申し訳ないなと思った。

でも、私はよかったと思う。

お互いの気持ちを知るために書いていた交換日記の続きに私の言葉がないのはおかしいから。

私は、その気持ちに答えるために小説を書くことを誓った。
今はなにより小説を書き上げ、七瀬に読んでもらいたかった。
謝るのはその後でいい。
でもきっと、七瀬は許してくれるだろう。
そう思った私は、さっそくパソコンの方を向き、キーボードを叩《たた》き始めた。

4

【まどかの小説】

【まどか・私立明美学院　教室】

むき出しの蛍光灯が見えた。
その輪郭がぼやけている。
知らず知らず涙が滲《にじ》んでいたようだ。
体中を倦怠感《けんたいかん》が包んでいた。
涙を拭《ぬぐ》うことすら面倒《めんどう》に思えた。
今日も男子生徒達に輪姦《りんかん》された。
彼らの人数は、さらに増え、内容もより酷《ひど》い物になってきている。
このつらい日々はいつまで続くのだろうか？
いや、終わるわけがない、少なくとも私達が卒業するまでは。

ふと、視線を移すと、七瀬の体が力無く横たわっている。

体中が男達の吐き出した精液にまみれ、目はなにもない空間を見つめている。

きっと私も同じような姿をしているのだと思った。

……ねぇ、七瀬はなにを考えているの？

七瀬の力無い目を見つめながら、心の中でつぶやく。

……やっぱり、私のことを恨んでいるんだよね？

……私のせいでこんな目に遭ってるんだもんね。

まどかは重い体を起こすと、下着もつけずに七瀬の元に歩み寄った。

七瀬は気を失っていた。

かすかな呼吸音にあわせて、七瀬の豊かな胸が上下している。

髪からつま先に至るまで、精液を浴びていないところがないのではというくらい汚されている。

それは私も同じことだった。

さっきから、体中に張り付いている粘ついた液体が、私に嫌悪感を与えている。

「七瀬」

声を出して呼びかけた。

男達に性器をくわえさせられ、疲れ切った喉《のど》のせいで、声は嗄《か》れていたかもしれない。

七瀬は返事をしてくれなかった。

気を失っているからか、動く力がないからか、それとも無視されているのかはわからない。

ただ、七瀬に意識がなくてもいいから聞いて欲しいことがあった。

「七瀬……ゴメンね。私のせいでこんな目に遭わせて」

少しだけ、視界が滲んだ。

「私、七瀬を親友だと思ってる。今でもそう思ってる。でも、七瀬はそうは思ってくれてないよね。私なんかと友達だったから、こんな目に遭ったんだもんね。恨まれても仕方ないよね。私に……親友の資格なんてないよね」

七瀬は返事をしてくれない。

でも、その方が良かった。

もし七瀬が否定してくれたら、どんなに楽な気持ちになれるだろうか。

しかし、それは私の決心を揺るがすことでもあるだろう。

「でも……私は七瀬が大好き。だから七瀬だけは救いたい」

すごく一方的な会話。

そして、最後の言葉。

「七瀬、ゴメンね。それと……」

私の頬《ほお》をつたった涙が七瀬の頬に落ちた。

一瞬、七瀬が首を振った気がした。

でもこれ以上、七瀬の姿を見ていてもつらくなるだけだ。

「さよなら」

私はベランダに出た。

【まどか・私立明美学園　ベランダ】

ベランダに出ると、冷たい風が肌を突き刺した。

校庭にはまだ生徒達が残っていたが、私は全裸でいることに抵抗を感じなかった。

おかしくなっているのだ。

今の状況でさえ、刺激的だと思っているくらいだから……

私はそんな自分が忌々しくてしかたなかった。

でも、それもすぐに終わる。

私のせいで七瀬をつらい目に遭わせてしまったんだ。

この罪を贖《あがな》うには、もう私の命しかない。

ほんの少し勇気を出して、私がここから飛び降りればきっと終わる。

今回の事件が明るみに出ればすべて終わる……

私はベランダの手すりに立った。

もう思い残すことはなにもない。

別れも告げてきた。

「……七瀬」


【七瀬・私立明美学院　ベランダ】

七瀬はしばらく呆然《ぼうぜん》としていた。

服も着ずにどこかに行ったまどかの事を考えていた。

まどかの言葉の意味はなんだったのだろう……？

しばらくして、まどかがお別れを言ったのだと思った。

まどかは勘違いをしている。

それを伝えなければならなかった。

すぐに立ち上がると、まどかを探した。

「ま……まどかあぁぁぁぁぁぁぁッ！」

絶叫が冷たい空に響き渡った。

外には月明かりを浴びたまどかの後ろ姿があった。

5 【まどかの小説】

２０００年１２月17日

午前０時30分

結城まどか［私立明美学院・三年Ｂ組ベランダ］

私が三年Ｂ組についた時、七瀬はベランダの手すりの上に立っていた。

私が見ている前で、空に向かって手を伸ばす。

体のバランスが崩れていく……

「七瀬っ！」

私は慌てて教室の中に飛び込むと、ただ夢中で七瀬の体を強引に手前に引いていた。
私は七瀬を抱き抱えるようにして、ベランダに倒れ込んだ。
ぎりぎりだった。
あと数秒遅ければ七瀬は……
自分のカンが間違っていたら……
冷や汗がどっと出た。
七瀬は意志のない視線で辺りを眺め回している。
なにも考えていないそんな目だ。
目の中に意志の光が見えない。
早く病院に、病院に……
私は動揺しながら、立ち上がろうとしていた。
「ま・ど・か……」
突然、名前を呼ばれた気がした。
辺りを見回した。
七瀬でもない。
ただの空耳？
「七瀬ぇぇぇぇぇぇっ！」

人が落ちて地面にぶつかる音、肉が潰《つぶ》れるような音がした。
なに今の声、そしてあの音……
なにが起きてるの？
この学校にまだ人がいるの？
こんな時間なのに、私たちだけじゃないの？
早く、ここから出よう。
なにか起こりそうだ。
なにか……
私は七瀬に手を貸すと、立ち上がった。
このままじゃ……
「七瀬……七瀬っ……」
七瀬をいくら呼んでも、気がつくことはない。
別の世界の殻に閉じこもってしまったんだ。
大丈夫、きっと私がなんとかしてあげる。
だから……
今は気づいて……
なにか良くないことが起きる。

だから早く……

その時、教室の入り口の方から音がした。

私の体がびくっと反応した。

なにかが起こってしまった……

私は強くそう感じていた。

そして、振り返るより先に声がした。

「やぁ、平松さん、結城さん。こんなところで会うなんて。まあ、朝まで仲良く楽しもうね」

大張《おおばり》だった。

2000年12月17日（日）

西野《にしの》正巳 ［私立明美学院・二階特別教室ベランダ］

午前0時32分

なにかが落ちていくのが見えた瞬間、僕は教室内に入り、ベランダへと出た。
そこから下を覗く。
地面になにかが落ちているのが見えた。
それは、人のようだった。
でも、七瀬さんじゃない……
正確なことはわからないけど、暗闇《くらやみ》に横たわる姿は男のもののような気がした。
そして、僕はそれを信じた。
だから、さっき七瀬さんが立っていた教室へと向かう。
僕は走り出した。
複雑な構造の学校で、何度か迷いそうになった。
新校舎と旧校舎の融合に成功しているとは言い難い造りだった。
それでも、なんとか目的としている教室に多分辿《たど》り着いた。

外から見た場所と、そこが一致しているかどうかは正確にはわからなかったが、そこが正解であることはすぐにわかった。
それは声が聞こえたから……

同日

西野正巳［私立明美学院・三年B組前廊下］

0時36分

「と言うことで、俺《おれ》たちと楽しくやった方が良くないか、結城さん」

「……」

「そんな目でにらんだってダメだよ」

誰かの声が聞こえる。

そっと扉の隙間《すきま》から中を覗いた。

「お願い、もう、七瀬には酷いことをしないで」

「前にも言ったと思うけど、平松さん自身が望んでいることだからね。彼女に聞いてみないと、どうも」

彼女が望んでいたこと……

なんのこと……

「でも、七瀬はもうこんなになっているのに、それでもいじめるの？」

「ふふ、そうだな。考え方は二つある。俺たちが彼女に伝えられたことをそのまま実行すると言うこと。つまり、今まで通りの凌辱《りょうじょく》行為を続ける」

今まで通りの凌辱……

どういう、なにが、なんだ……

「もう一つは一般的な良識に基づいて行動する」

「あなたたちの相手は私がするわ。だから、お願い……」

「おい、おい、そんなことは言われなくてもわかっていることで、俺たちが平松さんをどうするかは別問題」

「だから、私……」

「くどいね。本当は結論をさっさと出してもらいたいんじゃないの？」

男たちの下卑《げび》た笑い声が続いた。

「なにを……いえ、そ、そうよ。七瀬のことなんてほっといて私を……」

「その心がけは嬉しいけど、そうもいかない。さっき言ったように二択だ。ここで多数決をとる」

僕は中を覗いた。

一人の女の子に抱かれるように、七瀬さんがいた。

そして、その前に男たちが数人いる。

「じゃあ、多数決を採る。七瀬さんの意志に従うのがいいと思う人」

問いを放った男以外の全員が手を挙げた。

「と言うことで決まりだ。さあ、服を脱ぎな」

僕は男がそう言うと同時に、扉を開けていた。

男たちの視線が刺さる。

「なんだっ？」

「やめろ」

怒りで震える声で僕はなんとかそう言った。

「なにを」

中心にいた男がそう言った。

「七瀬さんに酷いことをするのはやめろ」

「ふふ、面白いことを言う。酷いことなんてしないんだよ」

「なにを……」

「どうせさっきから話を聞いていたんだろう。ならばわかるはずだ。俺たちが望んだことでもあるが、平松さん自身が望んだことでもある」

「……」

「だから聞いたとおりだ……」

そう言うと、その男はにやと笑った。

嫌な笑いだった。

「それにしても……面白いゲストが手に入ったな」

「なにを言っている」

「西野正巳くんだろう。平松さんが好きだという男だ。そして、平松の親父《おやじ》さんが……」

「やめろっ！」

「ふふ、わかったか……こんな楽しい遊びを俺はしばらくやめるつもりはないし、ましてや他人のあんたに指図される覚えもないんだよ」

「……」

「ふふ、それにしても……面白いおもちゃが手に入ったな」

僕は絶望感にとらわれていた。

なにも考えずにとび出したのはいいけど結局こんな人数を相手にかなうわけもなく、そして、頭の良さでもこいつにかなわない。

もう……ダメだ……すべての手はふさがれてしまった。

「じゃあ、あんたたち、おもちゃはこっちに来てもらおうかな」

男の指示のとおりに僕は動くしかなかった。

「おまえたちはおもちゃなんだよ」

男の言葉が僕の耳に突き刺さった。

エピローグ

【まどか・平松七瀬宅】


久しぶりに七瀬の部屋に来た気がする。

とはいっても、部屋にある物に大きな変化はなく、雰囲気は全く変わってはいなかった。

七瀬はいま私が書いた小説を読んでいる。

私はその小説が全国の書店に並ぶ可能性があることを七瀬に伝えていない。

昔のように、普通に、ただ読んでもらいたかった。

そう、昔のように……

大学を卒業した私は就職という道を選ばなかったせいで、暇を持て余していた。

私には毎日をだらだら過ごすことが性に合わないらしい。

気がつくと趣味の小説を書くことに没頭していた。

学生の時と違って執筆に使える時間が十分あったのが良かったせいか、自分でもいい出来だと思える作品に仕上がった。

だから思い切って、その小説をとある賞に応募してみた。

もちろん賞を期待しなかった訳ではなかったが、なんとこれが最終選考まで残ってしまったのだ。

結局、入賞はしなかったが、出版社の人が私の小説を気に入ってくれたようで、別の話を書いてみないかと連絡をくれた。

作品の出来次第では、新人としてデビューさせてもいいと言う話だった。

冷静に考えると女性の書いた官能小説が珍しくて、声を掛けてくれたのかもしれない。

とはいえ暇な私にとって、思いっきり趣味が活かせそうなこの話はおいしく感じられた。

色々と考えた結果、私はその話を引き受けることにした。

七瀬がいま読んでいる小説がそれだ。

私は七瀬に余計なことを考えずに、読んでもらいたかった。

普通に私の小説を読み、素直な感想をもらいたかった。

いつの間にか私は学生の頃を思い出していた。

七瀬が小説を読み、私はその横で期待と不安の混じった気持ちで、そわそわと感想を待っている。思えばその頃も今も大して変わっていない。

変わった点と言えば、部屋の間取りとノートに書いていた小説がプリンタで出力された用紙になったこと……あとは、七つも歳をとってしまったことくらいだ。

もっとも七瀬は歳をとったというよりも、大人《おとな》になったという感じだった。

顔つきが大人っぽくなったし、学生時代はセミロングだった髪をロングヘアにしたことで、可愛《かわい》い七瀬から色っぽい七瀬になっていた。

そのことを指摘すると、いつも決まって「そんなことないよ。まどかのほうが色っぽいんだから」と言ってくれる。

どうやら、私たちの会話は学生の頃から進歩がないようだ。

でも、そのいつも通りのやりとりが何より嬉《うれ》しくて安心できた。

「まどか……なんだか嬉しそう。いいことでもあったの？」

私が思い出に浸っている間に、七瀬はすでに最後のページをめくり終えていた。

「ううん、なんでもない……それより七瀬、どうだった？」

少し考え込んでから、昔のように七瀬は気になる部分やおかしい部分を指摘してくれた。

でも七瀬の最後の一言が、今私にそれを考えさせるのをやめさせてしまっていた。

「まどか……ありがとう」

七瀬は私の目をじっと見つめ、そう言うと微笑《ほほえ》んだ。

この笑顔。

やさしくて、あたたかくて、やわらかい、七瀬の笑顔。

これが見たくて私は小説を書いていたのかもしれない。

そしてなにより、こっちの小説を選んで正解だった。

今回、私が書いた小説は二本あった。

ひとつは私が男子生徒達に凌辱《りょうじょく》され、七瀬を巻き込んでしまう話。

それに対し、もうひとつは私と七瀬の立場を逆にした話。

七瀬の日記を読んだ私は、自分が主人公の話を書き上げようとしていた。

エピローグ

　しかしそれでは〝七瀬のために〟という、テーマを描ききれないことに気づいた。
　だから私が主人公になった方の小説は、思い切って捨てることにした。
　そして残った方を大幅に書き直した。
　現実の人間関係を微妙に入れ替え、本当にあった恋愛の話から分岐する悲しいお話。
　それは七瀬にとって救いようのないくらい酷《ひど》いものになった。
　だからこそ〝七瀬のために〟というテーマをより深く描くことができたつもりだ。
　そしてそれに七瀬は「ありがとう」と言ってくれた。
　私の思いは七瀬に伝わったのだと思う。それだけで十分満足だった。
　だけど最後に一つ謝らないといけないことがあった。
　でも、今となってはそれも些細《ささい》な問題だろう。
「ゴメンね、七瀬。私……七瀬の日記、勝手に見ちゃっ

た」

そう言って、鞄《かばん》の中から押入で見つけたノートを七瀬に差し出した。

もう一冊の方は、できればこのまま存在を消したいところだ。

「あ……どうりで見つからないと思った。前の部屋に忘れてきたんだ。でも、ちょうどよかった。その日記、前からまどかに見せたいと思ってたから」

七瀬の日記と私の小説で、友情を確かめ合った私たちには、予想通り些細な問題だった。

私が小説を書くのに使っている部屋は元々は七瀬の部屋だった。

私立明美学院を卒業した後、私と七瀬、そして正巳の三人は、中嶋大学に進学した。

そして、在学中に七瀬と正巳は二人そろって教員免許を取得した。

私はというと、ある考えがあって卒業後の進路は決めていなかった。

「そういえば、正巳お兄ちゃんは元気にしてる？」

そう、大学の卒業を控えていた頃、私と正巳の間に一つの約束があった。

大学を卒業したら結婚しよう。

その言葉通り、私は卒業してすぐに平松の家に入った。

逆に七瀬は卒業して勤務する学校が決まると、すぐに家を出て一人暮らしを始めた。

ちょうど私と入れ替わりという感じだった。

七瀬の家は決して、通勤に不便な距離ではなかった。

それでも、一人暮らしを始めようとした七瀬には、新婚夫婦の邪魔をしたくないとか、兄離れ、親友離れしなくてはいけないとか、色々と思うところがあったのだろう。

そして、七瀬の出ていった後、空いた七瀬の部屋を私が使うことになった。

部屋の押入からあのノートを見つけることができたのは、そう言う理由だった。

当然のことだが、正巳と私の生活は現在も続いている。

「ま、それなりにね。毎日、鼻の下を伸ばして帰ってくるけど」

七瀬がくすくすと笑う。

困ったことに、正巳は女子校に勤務していた。

私は正巳のことを全面的に信頼するようにしている。

さらに彼の性格も考慮して、自分から生徒に手を出すことはないと思う。

でも、私が選んだ人だけあって、正巳はずいぶんモテているようだった。

「いいなぁ、お兄ちゃん。まどかみたいなきれいな奥さんをもらっただけじゃなくて、若い女の子にも囲まれて……」

七瀬が呟《つぶや》いた。

「おかげで、こっちは苦労してるけどね」

今の私の笑い方は苦笑という表現がぴったりだっただろう。

ひどいときには、正巳の生徒達が数人で押し掛けてくることがあった。

目の前で戯れる姿を見せられてはたまったものではない。

さすがにあの時は正巳とその生徒達に嫉妬《しっと》を覚えた。

「まどかぁ……顔、引きつってるよ」

「だってぇ！　もう、聞いてよ七瀬。昨日なんてね……」

私たちはずっと話した。

私の書いた小説のこと。

正巳との生活のこと。

七瀬の職場のこと。

学生時代の思い出のこと……

話は尽きることはなかった。

でも、楽しい時間はすぐに過ぎて行く。

「あ、夕食を作らないと！」

主婦らしいセリフが板についてきたと七瀬に笑われた。

でも、帰る前に決め忘れていたことが一つあった。

私の書いた小説には、まだタイトルが付いていない。

それを七瀬と一緒に決めるために、今日ここに来た。

「ねぇ七瀬。どんなタイトルがいいと思う？」

七瀬は口元に指をあてて、宙を見つめて考えた。

「うーん。贖罪って言葉がすごく印象的だったから……」

「……」

贖罪。

自分を犠牲にしてでも贖《あがな》わなければならない罪滅ぼし。

身をもって犠牲になり、過去に犯した罪を償うこと……

「そうだ！　こんなのはどう？」

七瀬が近くにあったメモ用紙にボールペンを走らせた。

私はそのメモ用紙をのぞき込んだ。

それは私のイメージにぴったりとはまるものだった。

「うん、うん。いいよ、凄《すご》くいい」

「そう？」

七瀬は言いながら、恥ずかしそうに表情を隠した。

「使わせてもらってもいいかな？」

七瀬が小さく頷《うなず》くと、小説を私に差し出した。

私は七瀬から小説を受け取ると、タイトルのために空けて置いた空欄にさっき七瀬が出したタイトルを書き込んだ。

私が書き込んだタイトルを覗《のぞ》き込んで、七瀬が笑った。

私も七瀬につられて笑顔を作った。

一瞬これが現実じゃないような気がした。あまりにもできすぎた偶然のような幸せに、私はちょっとした恐怖を感じていた。

でも、それもほんの一瞬だった。

七瀬の言葉がその心配をかき消してくれた。

「今日は前祝いに、お兄ちゃんも呼んで、みんなで食事しましょう」

今度は私が頷くと、正巳に電話をするために携帯電話を取り出した。

携帯電話のコール音を聞きながら、私は今の幸せがずうっと続くことを願っていた。

翌日、私が編集部に持ち込んだ原稿のタイトルにはこう書かれていた。

『贖罪の教室』と。


〈終〉

あとがき

みなさんどうもはじめまして。

贖罪の教室ノベライズを担当させていただいた、フライングシャインの英いつきです。

途中色々とありましたが、この本も無事に世に送り出すことができました。

（本当はこれを書いている時点で、いくつか作業が残っているのですが……）


普通、ゲームのノベライズは「ゲームをやった人にもやってない人にも楽しめるもの」というコンセプトで進めるようです。ですが、今回は社内の人間が書くということもあり、微妙にコンセプトが違ったりします。

「ゲームをやっていない人には、ゲームがやりたくなるように、ゲームをやった人にはより楽しめるように」と、このようなコンセプトです。

贖罪の教室のディレクターであるKeNから仕事をふられたのがすべての始まりでした。最初は彼の「好きにやっていいから」という寛大な言葉に激しく困惑しました。制約がありすぎるのも困りものですが、逆に全くないというのも困りものです。なにをやってもいいと言われると、逆になにをやればいいのかわからなくなってしまうものです。

そんなわけで今回のストーリーは、贖罪の教室だし叙述トリックなんだろうなぁとか、やっぱり七瀬とまどかでしょとか、色々と考えプロットをつくりました。

話は少々ずれますが、皆さんは贖罪の教室のキャラの中で誰が好きでしょうか？　この本を読めばわかるように、僕のお気に入りはまどかです。そんなわけでまどかを主人公にして七瀬と立場を入れ替えた感じの話し、というのはかなり僕の趣味だったりもします。

ゲームの方で2話を担当していた蒼色もこの設定がずいぶん気に入った様子だったので、小説の一部（というか、結構な文量）を書いてもらいました。他にも、プロットのチェックやアドバイス、原稿の推敲や手直しなど、全体を通してKeNを始めとするシナリオチームと共に制作を進めました。他にも快盗乱麻、程ヶ谷日吉、両名には無茶な画像修正を引き受けてもらいました。

このように社内の人間に助けてもらいつつ、この本は完成しました。


というわけで贖罪の教室ノベライズ版はいかがだったでしょうか？

すでにゲームをやった人は、ちょっとパラレルな感じの贖罪の教室を楽しんでもらえたでしょうか？

まだゲームをやっていない人はぜひゲームの方もプレイしてみてください。その後にもう一度この本を読めば、きっと新しい楽しみ方ができるはずです。

最後に……

校正や編集、出版を手がけてくださったパラダイム様、この本を製本してくれた印刷所の皆様、全国に配送してくれた流通の皆様、本を店に置いてくださった全国の書店様、そしてなによりもこの本を買ってくれた読者の皆様にお礼を申し上げたいと思います。

それでは、フライングシャインの次回作でお会いできることを祈って……

〆切寸前の会社にて　英いつき

贖罪の教室

2000年8月30日　初版第1刷発行
2003年11月20日　　　第3刷発行

著　者　英 いつき with Flying Shine シナリオチーム
原　作　rúf
原　画　真木 八尋

発行人　久保田 裕
発行所　株式会社パラダイム
〒166-0011 東京都杉並区梅里2-40-19
ワールドビル202
TEL03-5306-6921 FAX03-5306-6923

装　丁　林 雅之
印　刷　株式会社シナノ

乱丁・落丁はお取り替えいたします。
定価はカバーに表示してあります。

〈パラダイムノベルス新刊予定〉

☆話題の作品がぞくぞく登場！

200.朱 -Aka- 上巻　～ルタの眷属～

ねこねこソフト　原作
清水マリコ　著

　周囲を砂漠に囲まれた、とある国。ルタの眷属と呼ばれる、不思議な力を持つ者と、その守護者たちがいた。朱い石が紡ぎ出す、ファンタジックストーリー。上下巻の分冊で発売決定！

203.魔女っ娘ア・ラ・モード

F&C・FC01　原作
島津出水　著

　ひとと精霊が共存するミント王国。そこにある『トゥインクルアカデミー』では、今日もかわいい女の子たちが魔法の修行中！　二人一組で行われる期末試験のパートナーはどのコに？

210.すくみず 媛・鈴枝編

サーカス　原作
黒瀧糸由　著

美少女ばかりの水泳同好会で、幸せいっぱいの香奈太。だが彼をめぐる女二人の激しい戦いが勃発する！元気でわがままな媛と、クールだがエッチは濃厚な鈴枝。二人からの誘惑にすくみずフェチの香奈太は…!?

172.今宵も召しませ♡アリスティル

RUNE　原作
岡田留奈　著

庄司拓馬はテキトーにバイトして一人暮らしをしている大学生だ。ある日彼のもとへ、海外赴任中の親から怪しげなトランクが届く。中に入っていたのはなんと吸血鬼の少女だった！

既刊ラインナップ

定価 各860円+税

137 蒐集者　コレクター　原作：ミンク　著：雑賀匡
138 とってもフェロモン　原作：トラヴュランス　著：村上早紀
139 SPOT LIGHT　原作：ブルーゲイル　著：日輪哲也
140 Princess Knights上巻　原作：ミンク　著：前薗はるか
141 君が望む永遠　下巻　原作：アージュ　著：清水マリコ
142 家族計画　原作：ディーオー　著：前薗はるか
143 魔女狩りの夜に　原作：アイル【チーム・Riva】　著：南雲恵介
144 憑き　原作：ジックス　著：布施はるか
145 螺旋回廊2　原作：ruf　著：日輪哲也
146 月陽炎　原作：すたじおみりす　著：雑賀匡
147 このはちゃれんじ！　原作：ルージュ　著：三田村半月
148 奴隷市場ルネッサンス　原作：ruf　著：菅沼恭司
149 新体操（仮）　原作：ぱんだはうす　著：雑賀匡
150 Piaキャロットへようこそ!!3 上巻　原作：エフアンドシー　著：ましらあさみ
151 new～メイドさんの学校～　原作：SUCCUBUS　著：七海友香
152 はじめてのおるすばん　原作：ZERO　著：南雲恵介
153 Beside～幸せはかたわらに～　原作：F&C・FC03　著：村上早紀
154 Only you 上巻　原作：アリスソフト　著：高橋恒星
155 性裁　白濁の禊　原作：ブルーゲイル　著：谷口東吾

156 Milkyway　原作：Witch　著：島津出水
157 Sacrifice ～制服狩り～　原作：Rateblack　著：布施はるか
158 Piaキャロットへようこそ!!3 中巻　原作：エフアンドシー　著：ましらあさみ
159 忘レナ草 Forget-me-Not　原作：ユニゾンシフト　著：雑賀匡
160 Silvern ～銀の月、迷いの森～　原作：g-clef　著：布施はるか
161 エルフィーナ～淫夜の王宮編～　原作：アイル【チーム・Riva】　著：清水マリコ
162 Princess Knights下巻　原作：ミンク　著：前薗はるか
163 Realize Me　原作：ミンク　著：高橋恒星
164 Only you 下巻　原作：アリスソフト　著：高橋恒星
165 水月　―すいげつ―　原作：F&C・FC01　著：三田村半月
166 はじめてのおいしゃさん　原作：ZERO　著：三田村半月
167 ひまわりの咲くまち　原作：フェアリーテール　著：村上早紀
168 Piaキャロットへようこそ!!3 下巻　原作：エフアンドシー　著：ましらあさみ
169 新体操（仮）淫装のレオタード　原作：ぱんだはうす　著：雑賀匡
170 DC ～ダ・カーポ～　朝倉音夢編　原作：サーカス　著：雑賀匡
171 エルフィーナ～奉仕国家編～　原作：アイル【チーム・Riva】　著：清水マリコ
173 はじらひ　原作：ブルーゲイル　著：星野杏実
174 いもうとブルマ　原作：萌。　著：谷口東吾
175 DEVOTE2　いけない放課後　原作：13cm　著：布施はるか

176 特別授業2　原作：BISHOP　著：深町薫
177 超昂天使エスカレイヤー　上巻　原作：アリスソフト　著：雑賀匡
178 DC ～ダ・カーポ～　白河ことり編　原作：サーカス　著：雑賀匡
179 いたずら姫　原作：フェアリーテール　著：高橋恒星
180 SNOW～儚雪～　原作：スタジオメビウス　著：三田村半月
181 あいかぎ　彩音編　原作：F&C・FC02　著：村上早紀
182 てのひらを、たいように　上巻　原作：Clear　著：島津出水
183 裏番組～新人女子アナ欲情生中継～　原作：13cm　著：三田村半月
184 SEXFRIEND～セックスフレンド～　原作：CODEPINK　著：布施はるか
185 超昂天使エスカレイヤー　中巻　原作：アリスソフト　著：雑賀匡
186 DC ～ダ・カーポ～　芳乃さくら編　原作：サーカス　著：雑賀匡
188 SNOW～小さき祈り～　原作：スタジオメビウス　著：三田村半月
189 カラフルキッス 12コの胸キュン！　原作：戯画　著：岡田留奈
190 あいかぎ　千香編　原作：F&C・FC02　著：村上早紀
191 超昂天使エスカレイヤー　下巻　原作：アリスソフト　著：雑賀匡
192 てのひらを、たいように　下巻　原作：Clear　著：島津出水
193 復讐の女神　Nemesis　原作：ぱれっと　著：前薗はるか
194 満淫電車　原作：BISHOP　著：南雲恵介
196 SNOW～古の夕焼け～　原作：スタジオメビウス　著：三田村半月

195 催眠学園　原作：BLACKRAINBOW　著：布施はるか
197 懲らしめ2　狂育的デパガ指導　原作：ブルーゲイル　著：雑賀匡
198 うちの妹のばあい　原作：イージーオー　著：有沢黎
199 かこい～絶望の処女監獄島～　原作：ERROR　著：高橋恒星
201 恋する妹はせつなくて お兄ちゃんを想うとすぐHしちゃうの　原作：CAGE　著：武藤礼恵
202 すくみず　真帆・梨香編　原作：サーカス　著：黒瀧糸由
206 DC ～ダ・カーポ～　天枷美春編　原作：サーカス　著：雑賀匡

好評発売中！